La Ballade de Cornebique

旅するヤギはバラードを歌う

ジャン=クロード・ムルルヴァ／山本知子 訳

ハリネズミの本箱

早川書房

旅するヤギはバラードを歌う

LA BALLADE DE CORNEBIQUE
by
Jean-Claude Mourlevat

Translated by
Tomoko Yamamoto
First published 2006 in Japan by
Hayakawa Publishing, Inc.
This book is published in Japan by
arrangement with
Gallimard Jeunesse
through Bureau des Copyrights Français, Tokyo.

Cover design and illustrations by Clément Oubrerie

だれにこの本を贈《おく》るかって？
そりゃもちろん、ぼくの大事なビケットと二匹《ひき》のビケに！
ジャン＝クロード・ムルルヴァ

登場人物《とうじょうじんぶつ》（登場動物？）

コルヌビック……………………この物語の主人公。バンジョー弾《ひ》きのヤギ
ビック＝アン＝ボルヌ…………コルヌビックの親友
コルヌビケット、ゼルビケット、ブランシュビクーヌなどなど
……………………………………コルヌビックの故郷《こきょう》に住むヤギたち
ピエ………………………………ヤマネの赤ちゃん
スタンリーじいさん……………ピエの祖父《そふ》
マルジー…………………………コウノトリ
パール、フレッシュ……………ムナジロテンの女性《じょせい》コンビ
レム………………………………ニワトリの医者
ばば様……………………………ムナジロテンの女ボス
アストリッド……………………ムナジロテンの衛兵《えいへい》

第一章

さてと、このお話はヤギの国で始まる。
そこは、いつもごきげん、ユーモアいっぱいの国。ヤギたちは、頭でっかちの、こむずかしいやつらなんかじゃない。どんなことが好《す》きかって？　夏は、大きな麦わら帽子《ぼうし》をかぶって畑の手入れ。そして冬は、十五匹《ひき》ものヤギがあつあつのキャベツスープを囲《かこ》んでのパーティーさ。もっとも、どんちゃん騒《さわ》ぎは一年じゅう大好きだけどね。月曜日から金曜日までは汗水《あせみず》たらして働《はたら》いて、土曜の夜ともなると要注意《ようちゅうい》！　ヤギたちはみんな、パーティー会場の納屋《なや》に集まり、踊《おど》るわ、はねるわ、明け方まで大騒ぎ。まさにノリノリだ！
　ここではヤギたちの名前すべてに、〝ビック〟や〝ボック〟や〝ブック〟がついている。ボルヌビック、ビック＝アン＝ボルヌ、ソータンビック、ビックフェール、ポルトボック、プランシュビック、ブック＝アン＝バール、アルシボック、デルビック、デルブック、ビックパス、ファルジュボック、トゥルヌビックてな具合《ぐあい》。これがご婦人《ふじん》や女の子となると、〝ビケット〟や〝ビクーヌ〟や〝ビクネット〟をつけることになる。ボルヌビケット、ブランシュビクーヌ、バルビクネットなんてね。

さてここに、ちょっと気になるヤギがいる。名前はコルヌビック。ミュージシャンだ。コルヌビックが初《はじ》めてバンジョーをお腹《なか》にかかえたとき、みんなはすぐにわかった。こいつは見こみがあるぞ、って。音符《おんぷ》の読みかたなんて教える必要《ひつよう》もないほどだった。なにせ、コルヌビックは、一度聴《き》いたらその曲をすぐに演奏《えんそう》できる。それも完璧《かんぺき》にだ！　スローな曲からアップテンポな曲まで、レパートリーは百五十曲以上《いじょう》もある。コルヌビックに会ったら、曲目を言うか、始まりの何小節《しょうせつ》かを口ずさめばいい。そうすりゃ、ちゃんと最後《さいご》まで歌ってくれるはずさ。

いちばん得意《とくい》なのはバラードだ。

ソー・ロング、イッツ・ビーン・グッド・トゥー・ノー・ユー……

訳《やく》せば、「さよなら、きみに会えてよかった」とか、そんな意味になる。この曲を、コルヌビックはパーティーの最後《さいご》に歌うんだ。踊《おど》り手たちが、メキシコのジャンプ豆みたいにピョンピョンはねすぎてくたくたになり、歌い手たちの声がかれ、そして、ビールのせいでみんなの頭がもうろうとしたころ、おもむろに歌いはじめるのさ。スローでせつないメロディーを……。「では、みなさん」ステージ代わりの麦わらたばの上に立ち、コルヌビックは呼《よ》びかける。「パーティーもおひらきだ。相棒《あいぼう》といつもの『ソー・ロング……』を歌うから、そろそろうちに帰ってねんねしな！」

相棒というのは、ビック＝アン＝ボルヌのことだ。ハーモニカを演奏《えんそう》し、バックコーラスを担《たん》当《とう》している。このふたりは、生まれたときからいつもいっしょだった。いっしょにおかゆを食べ、いっしょにサクランボを盗《ぬす》み、いっしょに教室で勉強し、そしてなんといっても、いっしょに音楽を演奏するようになった。それからいっしょに大人《おとな》になって、あっという間に、あごにヤギひげをたくわえ、しかるべき場所にねじれた二本のりっぱな角《つの》を生やした、本物の雄《おす》ヤギに成長したというわけだ。とくにコルヌビックは、ひょろりと背《せ》が高くガリガリにやせたヤギだった。「見ろよ、あの背高《せいたか》のっぽを！」コルヌビックが通ると、みんなが笑《わら》った。「長すぎる腕《うで》をもてあましてるぞ！」

同じ年ごろのヤギたちは次々と結婚《けっこん》していったが、ふたりはいまだに独身《どくしん》だ。

「ねえ、コルヌビック」おしゃべり好《ず》きのおばさんヤギたちがからかった。「もしかして、心に決めた娘《こ》がいるのかい？　ぼやぼやしてると、気がついたときにはだれひとり残《のこ》ってないよ、クッ、クッ、クッ……」

コルヌビックは相手にしない。からかわれても、まったく平気。いつか、みんなをあっと言わせてやる。いまに見てろよ。

実は、コルヌビックにも意中《いちゅう》の娘《むすめ》がいた。そのお相手は、とってもキュート。二年前にこの国に越《こ》してきた、あの娘だ。

「あの新しく来た娘《こ》、むちゃくちゃかわいいなあ！」その娘が通ると、雄《おす》ヤギたちはみんなして、ヒューと口笛を吹《ふ》いたものだ。

「うむ……まあまあかな……」感想をきかれたコルヌビックは、顔を赤くしながら、もごもごと言った。

というのも、かわいそうにコルヌビックは、もうすっかりその娘にのぼせあがっていたんだ。その娘を見かけただけで、角がよじれてこんがらかり、ゴホゴホむせて、自分の名前すら忘《わす》れてしまう。

コルヌビックとその娘は、ちらりと視線《しせん》を交わすだけだった。五秒以上《いじょう》目を合わせることはけっしてない。でも、それだけあれば、大切なメッセージを伝《つた》えるにはじゅうぶんだ。ぼくはきみが好《す》き、きみはぼくが好き。コルヌビケットの黒い瞳《ひとみ》には（なんとその娘《むすめ》、名前を〝コルヌビケット〟っていうんだ！）、小さな金色の星がきらめいている。もっとも、それは気のせいだったかもしれない。星はきっと、コルヌビックの心のなかだけにあったんだ。その娘に恋《こい》するあまり、コルヌビックがつくりだしたものにちがいない。あの娘もぜったいぼくのことが好きなんだ、とコルヌビックは思っていた。だって、ほとんどこっちを見ようとしないじゃないか！　おおぜいでいると、ほかのみんなとは話すくせに、ぼくだけ無視《むし》してる。これこそ、ぼくに気がある証拠《しょうこ》じゃないか！

　コルヌビックが愛《あい》を告白《こくはく》できないまま、月日はどんどん過《す》ぎていく。季節《きせつ》がめぐり、年もめぐる。コルヌビックは、ノーと言われるのがこわいわけじゃなかった。そうじゃない。そうじゃなくて、イエスと言われるのがこわかったんだ！　そのことを考えると、全身がかっかっとしてきて、どうしていいかわからなくなる。鼻の穴《あな》からは湯気《ゆげ》が立ちのぼり、頭のなかではキンコン鐘《かね》の音《ね》が鳴り響《ひび》く。

　だからコルヌビックは、じっくり待つことにした。な

にしろ、まだまだ時間はたっぷりある。そう思っていた。夏も終わりかけた、あの日の午後までは……。

あの日、コルヌビックはいとこの家の納屋《なや》で、手押《てお》し車の車輪《しゃりん》を直していた。すると、近づいてきたんだ、あのコルヌビケットが！　そして、ためらいがちにこう言った。

「コルヌビック、元気？　ちょっといいかしら？」

コルヌビックは工具を取り落とし、頭を荷台のはしにゴツンとぶつけた。

「いいけど……その……車輪の手押し車を、いや、手押し車の車輪を直してただけだから」

「お話ししたいことがあるの……。とても大切なことよ」

「大切なこと？」

「ええ。よかったら、明日の朝九時ごろ、村の洗濯場《せんたくば》に来てくれないかしら。あそこならふたりっきりで静《しず》かにお話ができるわ。洗濯女たちが来るのは、もっと遅《おそ》い時間だもの」

「オーケー、行くよ」

コルヌビケットはほほえんだ。

「じゃあ、明日、コルヌビック」

「じゃあ、明日、コルヌビケット」

コルヌビケットは行ってしまった。コルヌビックの足もとには、工具が散《ち》らばっている。スパナヤペンチに目をやった。なんだかたったいま、自分の体がコルヌビケットに分解《ぶんかい》されて、でたらめに組み立て直されたような気分だった。脚《あし》を腕《うで》のところに、頭を逆《さか》さまにつけられたみたい……。足の指の数も合わないような気がする。

その夜、コルヌビックは寝《ね》つけなかった。酔《よ》っ払《ぱら》っている気分だった。「静《しず》かにお話ができるわ」だって……。「洗濯女《せんたく》たちが来るのは、もっと遅《おそ》い時間だもの……お話ししたいことがあるの……」コルヌビケットの言葉が、頭のなかで、ひと晩《ばん》じゅうくるくると踊《おど》りまわっていた。

翌日《よくじつ》、洗濯場へと通じる道すがら、コルヌビックの胸《むね》はどきどきしていた。まったく、これじゃ胸が痛《いた》くなっちまう！　コルヌビックは清潔《せいけつ》なズボンをはき、火曜日だというのに、日曜日のお出かけ用のチェックのシャツを着こんだ。その上、オーデコロンもつけてみた。でも、ちょっとにおいがきつすぎるんじゃないか？　そこで水でバシャバシャと洗《あら》い流し、もう一度、今度は少しだけつけてみた。ひげの形も、あれこれいじくりまわしたものの、なかなかカッコよく決まらない。自慢《じまん》の角は、ワックスをつけてたんねんにみがいた。

コルヌビックは道々、これから数分後、そしてこれからの数日間、数週間、数年間に起きるできごとについて、あれこれ想像《そうぞう》をめぐらせた。

どんなことを考えていたのかって？

先に洗濯場に着いたコルヌビケットが、平らな石にすわり、ぼくが来るのを静かに待っている。

その背後《はいご》には、ツタのからまる古い塀《へい》。コルヌビケットはぼくに笑《わら》いかけ、となりにすわるように合図する。ぼくたちの体は、もうちょっとで触《ふ》れそうだ。BGMは、さらさらと流れる水の音。

「来てくれてありがとう……。すっぽかされたかと思って、心配しちゃった」

すっぽかすだって！　まさか！　きみのためなら、逆立《さかだ》ちしてでも、ケンケンしてでも、うしろ歩きででも、おしりでジャンプしてでも、ぜったい来たさ。コルヌビケットはもじもじして、なかなか口を開かない。指のあいだで小枝《こえだ》をくるくるもてあそんでいる。ぼくはじっと待つ。するとコルヌビケットが、決心したように切り出すんだ。

「あのね、コルヌビック。わたし、その……恋《こい》してるの……」

「そ、そう……で、だれに？」

「あなたよ、もちろん……わかってるでしょ……気づいてたくせに……」

「うん……いや……えぇっと……」

「初めてあなたと会った日から……いまから二年前のことだけど……あなたの家に行った日のことよ……ひと目ぼれしちゃったの……。でも、あなたはわたしのことなんて、なんとも思っていないわよね、もちろん……。悲しいけど……」

「ま、まさか、そんなことないよ、コルヌビケット！　そんなことないって！　ぼくもきみを愛《あい》してる……深く深く愛してる……言葉では言いつくせないほどに……というか、ぼく、口べただし……」

それから何日も、ふたりは毎朝、洗濯場《せんたくば》でこっそりデートする。ツタを背《せ》にしてすわったまま、キスしたり、将来《しょうらい》について話したりするんだ。

そして次の夏、ついに結婚《けっこん》！　いやいや、それじゃ、あまりにも先だ。どうせなら春にしよう。そうだ、春が来たらすぐに結婚するんだ！　そして盛大《せいだい》なパーティーを開くんだ。音楽はだれかにまかせよう。これまでみんなのために、さんざん演奏《えんそう》してきたんだもの。今回の主役はぼくだ。みんなに祝福《しゅくふく》され、キスされる番がついに来た。そして、いとしいいとしいコルヌビケットが、ぼくのとなりでほほえんでいる。ロゼワインをグラスに半分飲んだせいで、頬《ほお》をほんのり赤くして。

やがて、ぼくたち夫婦《ふうふ》に子どもができる。十八匹《ぴき》、いや、十七匹、いやいや、やっぱり十八匹。まあ、そのときが来たら考えよう……。コルヌビケットのためにたくさん歌をつくるんだ。最初《さいしょ》の曲のタイトルはもう決まっている。『リトル・スターズ』、つまり小さな星たち。コルヌビケットの瞳《ひとみ》のなかにある、あの星にちなんでね。

とまあ、道中、コルヌビックはこんなことを考えていた。

で、これから話すのは、実際《じっさい》に起こったできごとだ。

コルヌビケットはたしかに、先に洗濯場《せんたくば》に着いて、コルヌビックを待っていた。でも、平たい大きな石にはすわらずに、そのそばに立っていた。コルヌビックに笑《わら》いかけ、「来てくれてありがとう」とお礼を言い、石の上にならんで腰《こし》かけるようにうながした。

「あのね、コルヌビック。呼《よ》び出したりしたのは……ええっと、ちょっとお話があって……わたし、あのね……恋《こい》してるの！」

「そ、そう……で、だれに？」

「ビック＝アン＝ボルヌよ……わかってるでしょ……気づいてたくせに……」

「あ……」

前の日、コルヌビックはコルヌビケットの言葉にすっかり舞《ま》い上がって体をばらばらにされたように感じたが、夜にはなんとかもとどおりになっていた。でもその同じ体が、今度はピクリとも動かなかい。ただ、心臓《しんぞう》だけが胸《むね》から飛《と》び出して、ふたりの足もとのしめった草むらにさびしく落ちた。ポトン。心臓はもう、動かなかった。

「いや……気づかなかった……。で、いつからあいつのことを？」

「初めてあの人と会った日から……いまから二年前のことだけど……あなたの家に行った日のことよ……ひと目ぼれしちゃったの……」

「あ……」

「告白《こくはく》する勇気《ゆうき》がなくて。あの人、わたしに関心《かんしん》がないみたい。わたし、美人じゃないから」

「そんなことないよ！　そんなこと言わないで……きみはとっても美人だ、本当だよ、コルヌビケット……きみは……だってぼくは……」

コルヌビックは口ごもり、そのまま黙《だま》りこんだ。コルヌビケットは鼻をすすり、こう続《つづ》けた。

「だから思ったの、あなた、あの人の親友でしょ……」

「で、ぼくからあいつに伝《つた》えてもらおうと……」

「そのとおりよ！　ああ、コルヌビック、わたしのためにひと肌《はだ》ぬいでくれないかしら？　そうしたら、一生、恩《おん》に着るわ」

コルヌビケットがコルヌビックの両手をにぎりしめた。すると、思わず約束《やくそく》してしまった。

「もちろんだとも！」と言ってしまったんだ。それを聞くと、コルヌビケットは立ち上がり、さっさとその場を立ち去った。コルヌビックは、岩の上にすわったままだった。とつぜん、自分の体がずっしり重たく感じられて、このいまいましい平べったい石から、おしりを浮《う》かせることがどうしてもできなかった。

ところで、あのコルヌビケットの瞳《ひとみ》の金色の星、あれは思いこみじゃなかった。そのとき、コルヌビックはたしかに見たんだ。瞳のなかに輝《かがや》いている星を。

ビック＝アン＝ボルヌとコルヌビケットは、冬の初めに婚約《こんやく》した。そして春には結婚式《けっこんしき》をあげた。もちろん、コルヌビックが証人《しょうにん》をつとめた。だって、ほかにだれがいる？　そしてひとりで音楽を担当《たんとう》した。

「おいおい、心配するなよ。ふたり分こなすからさ！」

でもその夜、コルヌビックは、ふたり分どころか、五人分のステージを披露《ひろう》した。いまだかつて見たことがないほどの盛《も》り上がりだ。コルヌビックは公民館《こうみんかん》のわらたばの舞台《ぶたい》に立ち、シャツの胸《むね》もとをはだけて、ガンガン歌いまくった。大音響《だいおんきょう》で壁《かべ》がくずれ落ちるんじゃないかと、みんなが不安になったほど。そして、コルヌビックはガンガンお酒を飲み、大声で笑《わら》った。夜も明けるころには、もう数人の友人たちしか残《のこ》っていなかった。

「コルヌビック、そろそろいつもの『ソー・ロング』を歌ってくれよ」

「今夜はむりだよ。疲《つか》れた。もう帰る……」

コルヌビックは親友ビック＝アン＝ボルヌの肩《かた》を抱《だ》いた。

「おい、幸せになるんだぞ。ぼくもうれしい……」

それからコルヌビケットを抱きしめた。

「いろいろ、ありがとう……」耳もとでコルヌビケットがささやいた。

「お安いご用さ」コルヌビックはモゴモゴと答えると、会場をあとにした。

家にもどるまでは涙《なみだ》を流さなかった。だが、泣《な》いたら最後《さいご》、その泣きかたは、〝涙を流す〟なんて生《なま》やさしいものじゃなかった。十キロ先にも声がとどきそうなぐらい、おんおん泣いたんだ。あまりに大声だったから、顔を枕《まくら》に押《お》し当てなければならないほどだった。涙は、目から、鼻から、とめどなく流れ出た。コルヌビック自身、耳からだってほとばしり出ているんじゃないかと思ったぐらい！

コルヌビックは心を決めた。失恋《しつれん》の痛手《いたで》をからかわれるのはたまらない。「まあまあ、こういうことは、時が解決《かいけつ》してくれるからね」なんて言うやつはクソ食《く》らえ。そんななぐさめ、いまのぼくには通用しない！

コルヌビックは荷づくりを始めた。あっという間に用意ができた。ずだ袋《ぶくろ》のなかは、ブリキの飯《はん》ごう、ナイフ、非常《ひじょう》用ライター、毛布《もうふ》、そしてわずかな食　糧《しょくりょう》。バンジョーも忘《わす》れちゃならない。

早朝、ひと気《け》のない村を歩いていると、おばあさんヤギのゼルビケットと出くわした。こんなに早い時間、しかもパーティーの翌朝《よくあさ》だというのに、外にいるコルヌビックを見て、ゼルビケットはたいそう驚《おどろ》いた。

「もう起きたのかい？」

「ちょっと散歩《さんぽ》さ」

「こんなに早く？　まだ薄暗《うすぐら》いじゃないか……。木の根っこにつまずくよ……」

「ばあちゃん、平気だって！　日ごろのおこないがいいから、だいじょうぶさ……」

コルヌビックは歩調を速めた。洗濯場《せんたくば》の前を通りかかったが、目もくれず、足早に通りすぎた。

そして気持ちをふるい立たせるために、ハミングを始めた。


ソー・ロング、イッツ・ビーン・グッド・トゥー・ノー・ユー……

ソー・ロング、イッツ・ビーン・グッド・トゥー・ノー・ユー……

さよなら、みんなに会えてよかった……


こうして、コルヌビックは旅に出た！

第二章

放《ほう》浪《ろう》の旅に出て、二度と故郷《こきょう》にはもどらない。ひょっとしたら、それで気持ちが晴れるかもしれない……。こんなふうにコルヌビックは思っていた。そして、東のほう、太陽の昇《のぼ》る方角へと向かったんだ。

初めの何日かは、まだ名前で呼《よ》ばれていた。

「あれ、コルヌビックでないの、どこ行くんだ？」

コルヌビックはうそをついた。

「いとこが出産《しゅっさん》したから、会いに行くのさ……年老《としお》いたおばさんが病気になったもんで……特別《とくべつ》な種《たね》の買いつけさ……」

何度もうそをついたので、しまいには、全部がまぜこぜになった。

「年老《としお》いた特別《とくべつ》ないとこに会いに行くのさ……出産《しゅっさん》のための種《たね》の買いつけさ……」

一週間もたつと、かなり遠くまで来たものだから、コルヌビックを知っている人はいなくなり、どこに行っても「お兄さん」と呼《よ》びかけられるようになっていた。二回に一回は、ほかの人に呼びかけているのかと思いながら振《ふ》り向いた。それでもヤギの国を歩いているあいだは、すべてが順調《じゅんちょう》だった。みんなは宿を提供《ていきょう》し、夕食にまで招待《しょうたい》してくれた。しかもコルヌビックは、みんなの期待を裏切《うらぎ》らなかった！　というのも、コルヌビックは食欲《しょくよく》おうせい、お行儀《ぎょうぎ》よく食卓《しょくたく》についたとたん、もりもり食べるからだ。せっかくの料理《りょうり》を食べ残《のこ》し、犬のえさにするなんてことはぜったいなかった。コルヌビックの食べっぷりをあらわす言葉でもっともふるっていたのが、ある夜、農家のおばさんが言ったこのセリフだ。

「コルヌビックさん、あんたは底《そこ》なしの胃袋《いぶくろ》の持ち主《ぬし》だ！」

実際《じっさい》、コルヌビックは、恋《こい》にやぶれ、悲しみにくれていたものの、そのせいで食べ物がのどを通らないなんてことはなかった。食卓に出されたものすべてを、もくもくと平らげた。食べているときは、なんにも目に入らず、なんにも聞こえなかった。ただひたすら食べまくった。そして食事の最後《さいご》には、ペロッとなめた人さし指の先っぽで、食卓に散《ち》らばったパンくずまできれいに集めて口に運んだ。それでも、コルヌビックはやせこけている。まるで奇跡《きせき》だ。食事が終わると、感謝《かんしゃ》のしるしにバンジョーを取り出し、ちょっとした歌を披露《ひろう》する。もちろん、拍手《はくしゅ》かっさいまちがいなし。

「うまいもんだなあ、これなら、きっとプロの歌手になれるよ！」

「いや、それほどでも……」

もう少し世話になろうと決めたところでは、いろいろな雑用《ざつよう》を手伝《てつだ》った。土手のイバラを取りのぞいたり、干草《ほしくさ》の取りこみや建物《たてもの》の骨組《ほねぐ》みづくりに手を貸《か》したり……。

だがコルヌビックは、一ヵ所に二、三日以上《いじょう》はいようとしなかった。長居《ながい》をすれば、みんなのなかに好奇心《こうきしん》がめばえてくる。でも自分の過去《かこ》を語るつもりなど、これっぽっちもなかったんだ。これっぽっちも。

夏が過《す》ぎ、秋が来た。コルヌビックはまだ、あっちこっちの農場で働《はたら》いていた。ビートをひっこ抜《ぬ》き、ジャガイモの入った袋《ふくろ》を運び、木の実を竿《さお》でつついて落とした。仕事があれば、なんでも引き受けた。そしてたいていは、たったひとり美しい星空の下で眠《ねむ》りについた。夜には、火をおこして、キノコ入りのオムレツをつくることもできるようになった。初心者にしては、なかなかじゃないか！

だが、悲しいかな、冬が来て、だんだんと雲行きがあやしくなってきた。日が短くなっただけじゃない、その上、夜がまた長くなってしまったぞ！　おお、われながら、なんておもしろいことを言うんだ！　コルヌビック、さえてるな！　こんなすごいこと、どうやって考えついた？

こんなくだらない冗談《じょうだん》を言いながら、ひとりで笑《わら》うことがあった。反対《はんたい》に、ふと気がつくと、泣《な》きながら歩いていていることもある。なに、かまうものか、涙《なみだ》を流すのだって気持ちがいい。

一番の気がかりは、知らないうちにヤギの国を出てしまうことだった。コルヌビックは不安だった。国境《こっきょう》の向こうになにがあるのか、知らなかったから。まあ、旅に出た以上《いじょう》はしかたがないか。そう、旅に出てしまったんだから。

やがて、行く手を山がさえぎった。コルヌビックはなんとか無事《ぶじ》にその山を越《こ》えた。すると、その先には、気がめいるような景色《けしき》が広がっていた。空には灰色《はいいろ》の雲が重くたれこめ、どしゃぶりの雨が降《ふ》っている。さらに進むと、ぬかるみのなかを歩くはめにおちいった。ぬかるみは、やがて沼地《ぬまち》に変《か》わった。泥《どろ》は悪臭《あくしゅう》をはなち、夜になると、大量《たいりょう》の蚊《か》がコルヌビックを悩《なや》ませた。ある日の夕方、自分の脚《あし》がヌメヌメとした虫におおわれていることに気がついた。太ももの半分くらいまでびっしりへばりつき、引きはがそうにも引きはがせないその生き物。ヒルだ！　コルヌビックは、熱《あつ》くおこした炭《すみ》を直接肌《ちょくせつはだ》に押《お》し当て、一匹《ぴき》一匹焼《や》き殺《ころ》した。その結果《けっか》、どうなったと思う？　それから一週間も、コルヌビックの体から焼き肉のにおいがしてたんだ！

沼地をやっとこさ通り抜《ぬ》けたと思ったら、お次は北風が吹《ふ》きすさぶ広大な平原だった。これまた心おどる風景じゃないけれど、足がぬれないだけ、まだましだ。丸三日、コルヌビックは土ぼこりが舞《ま》う石ころだらけの道を、ひたすらまっすぐ歩きつづけた。そのあいだ、どんな生き物にも出くわさなかった。そのさびしさたるや、先日の蚊(か)たちですら、なつかしく感じられそうなほどだった！　そこでコルヌビックは、お気に入りの曲を口ずさんだ。

アイ・エイント・ガット・ノー・ホーム……

「ぼくには家がない」という意味だ。

コルヌビックはお腹《なか》が空《す》いてたおれそうだった。このうらさびしい平原は、どこまでも続《つづ》いている！　ときどき、だだっ広《ぴろ》い空を見上げると、カアー、カアー、とカラスがかん高い声で鳴きながら通りすぎていった。見わたすかぎり、白と灰色《はいいろ》の世界。コルヌビックは、いまこそ引き返すときだと思いはじめた。じきに冬将軍《ふゆしょうぐん》がやってくる。そうすりゃ、あばらの肉まで凍《こお》っちまう。もうじゅうぶん、いろいろなものを見たじゃないか……。

いや、いや、コルヌビック。まだまだおまえはなんにも見ちゃいない。目をしっかり開けるんだ。旅はまだ、始まったばっかりだ！

そのとき、南方の空に浮《う》かぶちぎれ雲の下に、風に逆《さか》らって必死《ひっし》に翼《つばさ》をばたつかせている、白黒模様《もよう》の奇妙《きみょう》な一羽の鳥が見えた。ひょっとして、コウノトリ？　鳥の体は突風《とっぷう》にあおられ、海に浮かぶ小船のようにはげしくゆれ動いている。かわいそうに、あれじゃなかなか進めない。よ

く見ると、赤くて長いくちばしの先に、小さな包《つつ》みがぶら下がっている。その鳥がコルヌビックの頭上を通りかかったとき、なんと、その包みがすべり落ちたんだ。鳥はまるでアクロバットのような動きで包みをつかもうとしたが、まったくの失敗《しっぱい》。包みはどんどん落下し、なんとコルヌビックの腕《うで》のなかにおさまった！　おいおい、いったい、こりゃなんだ？

　それは、台所のふきんでくるみ、四すみを固《かた》く結《むす》んだ包みだった。パンパンにふくらんだその包みの結び目をほどくには、歯を使うしかなかった。なかには、小さなウールの毛布《もうふ》をぐるぐるに丸めたものが入っていた。するとそこから、四つに折《お》りたたまれた紙がヒラリと舞《ま》い上がり、風にさらわれた。コルヌビックはあわてて紙切れを追いかけると、足でおさえつけた。

　この包みを拾ったかたへ……

なんだって？　コルヌビックは直感的《てき》に、続《つづ》きを読むのはまずいと思った。このままなにもなかったことにしたくなったのだ。包《つつ》みも、手紙も、頭上で突風《とっぷう》にもまれているコウノトリも……。それでも、やっぱり興味《きょうみ》をそそられた。なにしろこのあたりでは、めったに楽しいことなど起きないんだ。コルヌビックは、やっぱり、少しだけ続きを読んでみることにした。「ことわっておくけど、読んだからって、なにかしなきゃいけないってわけじゃない。それだけは、はっきりしてるぞ！」そう、自分に言い聞かせながら。

この包みを拾ったかたへ……

いまわの際《きわ》、まさに死の瀬戸際《せとぎわ》で、この手紙をしたためております。〃かぎ爪《づめ》を持つやつら〃は、もう目と鼻の先です。家の裏手《うらて》から、この子が連れて、命からがら逃《に》げてきました。残《のこ》された者たちを運命は、おそろしくて、想像《そうぞう》だにできません……。もし小生《しょうせい》が、いまより八十五歳若《さいわか》ければ、みなの指揮《しき》をあたったのでしょうが、小生には、もはやそんな力は残されておりません。そしていまや、あの性悪《しょうわる》女たちに、追われる身なのでございます！

なになに？

そうそう、申し遅《おく》れましたが、小生の名はスタンリー。毛布《もうふ》のなかにいるピエの祖父《そふ》でございます。

「うそだろ！」

コルヌビックは思わず悪態《あくたい》をついた。ゆっくり手紙を読もうと、あろうことか、問題の包《つつ》みの上に腰《こし》かけていたのだ。中身を押《お》しつぶしてしまったかもしれないぞ！　コルヌビックはあわてて立ち上がった。こわくて、毛布のなかをのぞく気になれず、手もふるえている。いったいぜんたい、どういうことだ？　ぼくの頭が変《へん》になったのか？　コルヌビックは手紙の続《つづ》きを読んだ。

年老《としお》いたコウノトリのマルジーにかつての元気をありませんが、この子を遠く、安全なところまで運ぶことはできるはずです。そこで小生は、こんなふうにマルジーに言いました。

「なあ、マルジー、おまえはわしらに、赤ちゃんを運んでるって、もう五十年もうそぶいてきたが、みんな知っとるんだぞ、そんなの真っ赤なうそだとな。おまえは、赤《あか》ん坊《ぼう》などひとりも運んだことはない。赤ん坊は、コウノトリが運んでくるわけじゃないからな。だが、一度だけでもその翼《つばさ》を動かして、この子を運んでほしいのじゃ。最後《さいご》の赤ん坊だ。ムナジロテンどもに捕《つか》まる前に、どうか安全な場所に運んでおくれ」

小生はマルジーにこう言い、マルジーはできるだけのことをすると約束《やくそく》してくれたのです。

コルヌビックは空を見上げた。年老《としお》いたコウノトリが、羽をボサボサに乱《みだ》しながら、背中《せなか》やお腹《なか》に吹《ふ》きつける強風と必死《ひっし》で闘《たたか》っていた。風にさらわれないようにと、なりふりかまわず、翼《つばさ》をばたつかせている。コルヌビックは、手紙の最後《さいご》の部分を解読《かいどく》した。

この子は男の子です。何年かのちに、生き残《のこ》った女の子を出会い、子孫《しそん》が残すこともあるかもしれません……。そう願《ねが》いたいものです。それまでのあいだ、どうか、この子のめんどうが……。
乱筆《らんぴつ》、乱文、すみませんです。ですが、〝かぎ爪《づめ》を持つやつら〟が、すぐそこまで来ています。やつらの歯が、カチカチ鳴るのが聞こえてきます。お察《さっ》しください、そんなとき、〝てにをは〟が合っているかどうかなんて、考える余裕《よゆう》がないのです……。

もうすぐ食《く》われてしまう老いぼれのぬけさく、悲しくて胸《むね》がはりさけんばかりのスタンリーより……

何秒かのあいだ、コルヌビックの頭のなかは真っ白だった。ただ、こうつぶやいていた。「こいつはまずいことになったぞ。まずい、実にまずい……」

コルヌビックは、だれか助けてくれる者がいないかと、あたりを見わたした。だが、どんなに目をこらしてもむだだった。地平線では空と大地が溶《と》けあっている。見わたすかぎり、荒涼《こうりょう》とした平原が広がっているだけだ。ひときわ強い風が吹《ふ》き、上着のすそがバタバタとはためいた。コルヌビックは手紙をポケットに押《お》しこむと、包《つつ》みのほうに身をかがめた。そして左腕《ひだりうで》でそれをかかえ、胸《むね》に抱《だ》き寄《よ》せた。包みの中身が動いている……。おいおい、動いてるぞ！　コルヌビックは包みを開けようとしたが、考え直した。いったいおまえはなにを知りたいんだ、コルヌビック？　その子がかわいいかどうかってことか？　かわいかったらそばに置《お》いて、不細工《ぶさいく》だったら捨《す》てるのか、えっ？

上空では、強風にもまれながら、コウノトリがしびれを切らしていた。あわれなマルジーは、はたしてこの重い包みをもう一度口にくわえ、風に逆《さか》らって飛《と》びつづけることができるだろうか、と考えているらしい。鳥はどこからどう見てもよぼよぼで、もう十メートルだって進めそうにない。強風にあおられ、包みもろとも、まさしくこの場所まで押しもどされるにちがいない。そうなりゃ〝かぎ爪《づめ》を持つやつら〟の手のなかだ。あとの運命は、知ってのとおり……。

コルヌビックは、いろいろと欠点《けってん》があるものの、けっして悪いやつじゃないんだ。だから、うだうだと何時間も考えあぐねたりはしなかった。コルヌビックは、コウノトリに向かって右手を上げると、「あとはぼくにまかせて。もう行っていいよ」と合図した。コウノトリはさっきから、その合図だけを待っていた。だから一秒後には、北風に身をまかせ、かなたの空へと運ばれていった。

「さてと」上着のえりを直しながら、コルヌビックはつぶやいた。「まったく、これ以上《いじょう》のことはありえないな。ほれたあの娘《こ》は、一番の親友と結婚《けっこん》したばかり。ぼくはといえば道に迷《まよ》って腹《はら》ぺこだ。日に日に寒さは厳《きび》しくなり、背後《はいご》には、ヒルがうようよ、蚊《か》がわんさかの沼地《ぬまち》が広がり、前方には、ひと気《け》のない平原が何百万キロも続《つづ》いてる。おまけにこれからは、ピエとかいう者の世話をしなけりゃならない。手紙の文面から察《さっ》するに、少なくとも余命《よめい》九十年はあるチビすけだ。すばらしい。まったくもって完璧《かんぺき》だ。では『ハード・トラヴェリン』でも歌うとするか。つらい旅路《たびじ》の歌さ。ほかのに比《くら》べりゃ、少しは陽気だ……」

第三章

その日、コルヌビックは夕方まで、風にあらがって背中《せなか》を丸めながら、ぜんまいじかけのアヒルみたいに、頭をからっぽにしてただひたすら前に進んだ。

空腹《くうふく》がこたえる。コルヌビックは、包《つつ》みをシャツの下に押《お》しこみ、手を触《ふ》れようとはしなかった。ときおり、ちょっと包みを引き上げる以外《いがい》は。だって、その荷物、しょっちゅうお腹《なか》のほうにずり落ちてくるんだ！　コルヌビックは、ピエがどんな顔をしているのか、急いでたしかめようとはしなかった。スタンリーじいさんはとってもいい人そうだけど、肝心《かんじん》なことを忘《わす》れている。手紙のなかには、じいさんとその一族が、どんな種類《しゅるい》の動物なのかが書かれていない。これじゃ、カエルからヤマアラシまで、なんでもありじゃないか！

一、二度、コルヌビックは立ち止まり、包みの布《ぬの》に耳を押し当てた。かすかないびきの音が聞こえるような気もするが、風の音でかき消され、はっきりとはわからない……。でも、ぬくもりだけは伝《つた》わってきた。それで少し安心した。少なくとも、ヘビを抱《だ》っこしているわけじゃなさそうだ。

夕方、コルヌビックは大きな岩を見つけて、その陰《かげ》で眠《ねむ》ることにした。風は弱まっている。コルヌビックは毛布《もうふ》にくるまり、長いあいだ包《つつ》みを見つめていた。開けようか？　開けまいか？　やめた、明日考えよう。もう寝《ね》るぞ。

真夜中、しんとした静《しず》けさにコルヌビックは目を覚《さ》ました。澄《す》みきった空に、満月《まんげつ》が出ている。風はもう、そよとも吹《ふ》いてはいなかった。いまだ！　コルヌビックはそう感じた。おもむろに包みの結《むす》び目をほどき、人さし指と中指で毛布のはしをつまみ上げると、慎重《しんちょう》に開いていった……。

その小さな動物は、頭の感じからして、ハツカネズミというよりは、ハムスターに似《に》ていた。だが、種類《しゅるい》を判断《はんだん》するのはむずかしい。コルヌビックは生物学にくわしいわけではなかったから。手のひらほどの大きさのようだが、身を丸めていたので、本当のところはよくわからなかった。体は毛糸の靴下《くつした》になかにちょうどよくおさまっている。おそらく、スタンリーじいさんの靴下だろう。寒くないようにと、別《わか》れ際《ぎわ》に、孫《まご》の体を靴下のなかに押《お》しこんだにちがいない。だとしたら、安心しろよ、じいさん、あんたの孫は寒くないよ。ピエは身動きひとつしないで熟睡《じゅくすい》していた。まさにこんこんと眠っていた。

翌日《よくじつ》の朝になっても、午後になっても、その動物は同じように眠《ねむ》りつづけていた。コルヌビックは心配になってきた。そこで、指先で首筋《くびすじ》をそっとなでたり、顔に息を吹《ふ》きかけたりしてみた。反応《はんのう》はない。小さな丸い耳にコルヌビックの息が当たってふるえただけだ。ちょっと待ってろ、いま起こしてやるからな。コルヌビックは袋《ふくろ》からバンジョーを取り出すと、開いた包《つつ》みを前にして、あぐらをかいた。

テイク・ア・ウィフ
テイク・ア・ウィフ
テイク・ア・ウィフ・オン・ミー……

においをかげ、においをかげ、ぼくのにおいをかげ……コルヌビックは大声で歌った。この歌をわらたばのステージの上で演奏《えんそう》しだすと、みんなは両腕《りょううで》を天に突《つ》き上げて、「ヒャッホー!」と熱《あつ》く叫《さけ》んだものだ。だが、ここでの反響《はんきょう》はイマイチだった。カラスが空の高いところから、感《かん》

謝《しゃ》のしるしに小さくカアーと鳴いただけ。靴下《くつした》のなかにいるもうひとりの聞き手はといえば、気持ちよさそうにあいかわらずいびきをかいている。コルヌビックの歌で、ますます深い眠《ねむ》りに落ちてしまったようだ！　おいおい、チビすけ、そんなに寝《ね》てばかりいるなんて、よっぽどのことがあったんだな。まあいい、好《す》きにしてろ。コルヌビックはピエをシャツの下にしまうと、旅を続《つづ》けた。真東の方角へ。

コルヌビックがことの真相に思い当たるまで、さらに一晩《ばん》と一日が必要《ひつよう》だった。だが、考えてみれば、かんたんなことだった。ピエは冬眠《とうみん》してたんだ！　おそらく、ヤマネかなにかにちがいない。眠りのプロ、いわば枕《まくら》チャンピオン。寒さが到来《とうらい》すると、「じゃ、また春に」とばかりにぬくぬくとした眠りに落ちてしまう、抜け目のない小動物なのだ。春になれば元気いっぱい起き出してきて、カフェオレと薄《うす》切りパンをねだるにちがいない。だがそのときまで、いったいだれがきみを運び、あたたかくして守ってあげると思ってるんだ？　この、コルヌビックおじちゃんなんだぞ……。

しばらく行くと、少しは生き生きとした景色《けしき》が見えてきたので、コルヌビックはほっとした。あちらこちらに木が生え、くずれた古い塀《へい》もあれば、小川も流れている。コルヌビックが、川べりの石の上に腰《こし》を下ろしたときだ。ついに、来るべきものがやってきた！　もう夕方になろうかという時間だった。ひょろりとしたふたつのシルエットが、地平線上におぼろげに姿《すがた》をあらわしたんだ。敵《てき》か、味方か？　コルヌビックはどちらかといえば、生まれつきの楽天家。だからそのまま、やつらが来るのを見守っていた。まあ、とにかくようすを見ないことには……。

そいつらは二本足で立ち、しなやかな足取りで、無言《むごん》のまま近づいてきた。コルヌビックを目指して、まっすぐに歩いてきたんだ。近づいてくるにつれて、コルヌビックは胃《い》がぎゅっとしめつけられる気がした。細長い首の上にのった三角形の頭。その顔はまさに……ムナジロテンだ！　すぐにコルヌビックのなかで、無数の警報《けいほう》が鳴り響《ひび》いた。ビーッ、危険信号《きけんしんごう》！　ビーッ、危険信号！　まるで首筋《くびすじ》に冷《つめ》たい刃《やいば》をあてがわれたようだ。これこそ〝かぎ爪《づめ》を持つやつら〟じゃないか！　これまで会ったことはなかったものの、コルヌビックにはすぐにわかった。〝かぎ爪を持つやつら〟は黒ずくめの服を着て、射《い》ぬくような鋭《するど》く黄色い目をこちらに向けている。

「こんにちは……」満面《まんめん》の愛想《あいそ》笑《わら》いを浮《う》かべて、片方《かたほう》があいさつした。額《ひたい》に一本、長い向こう傷《きず》が走っている。

「こんにちは」とコルヌビック。

「散歩《さんぽ》ですか？」

「ええ、散歩です……」

もうひとりは離《はな》れたところに立って、じっとこちらをうかがっている。最初《さいしょ》のムナジロテンが、コルヌビックのまわりをうろうろ歩きはじめた。なんて感じの悪いやつらだ！　本当に感じが悪い！　コルヌビックは、お腹《なか》にかくした包《つつ》みを手で守りたくなったが、そこはどうにかこらえた。何気《なにげ》ないふりをよそおう、それが肝心《かんじん》だ。でも、言うのはかんたん。実際《じっさい》には、胸《むね》はドキドキ、心臓《しんぞう》が口から飛《と》び出しそうだった。

「たったひとりで東の方角に向かってる、のっぽのヤギを見かけませんでした？」最初《さいしょ》のムナジロテンが、陰険《いんけん》な調子でたずねてきた。

「いえ」

「それは残念《ざんねん》。包みを運んでいるヤギなんですけど……包みと聞いて、心あたりは？」

「いえ、まったく」

「それは残念。ねえ、フレッシュ、残念だと思わない？　このかたには、なんの心あたりもないそうよ……」

ふたりはフフフと笑《わら》った。それから長い沈黙《ちんもく》が流れた。ふたりは、自分たちの力に、その牙《きば》やかぎ爪《づめ》に、ぜったいの自信《じしん》を持っているようだ。コルヌビックはおそろしさに息もできないほどだった。こいつらとまともにぶつかったら、生きのびられる見こみはゼロだろう。たとえ片方《かたほう》を角で突《つ》いてくし刺《ざ》しにしても、そのあいだに、もうひとりが自分ののどもとに飛びかかってくるにちがいない。そうしたら、一巻《いっかん》の終わりだ。コルヌビッ

クは、とうとう沈黙《ちんもく》にたえられなくなった。

「おさがしのその包《つつ》みとやらには、いったいなにが入ってるんですか？」

「いいえ、たいしたものじゃないの」最初《さいしょ》のムナジロテンが、つくり笑《わら》いを浮《う》かべて言った。「わたしたちのかわいい友だちよ……。いなくなったんで、捜索中《そうさくちゅう》なの……。フレッシュもわたしも、子どもたちが大好《だいす》きでね。ねえ、フレッシュ？」

「そうよ、パール。だあい好きよ」

「なるほど……。でもあいにくですが、心あたりがないんです」

今度は、フレッシュが尋問《じんもん》する番だった。フレッシュはコルヌビックに近づくと、耳ざわりな声でこうたずねた。

「じゃあ、マルジーという名のコウノトリは？　それなら知ってるんじゃない？」

「いいえ、ぜんぜん」

するとフレッシュは、鳥の羽を何本か、指でつまんで振《ふ》りまわした。

「本当？　こんな羽をしたやつよ、白黒模様《もよう》の」

「で、くちばしは、こんな具合《ぐあい》！」パールはそうつけ足すと、持っていた袋《ふくろ》からあわれなマルジーの、赤くて長いくちばしを引っぱり出した。

ふたりは、おかしくてたまらないというように、腹《はら》をよじって笑《わら》いころげた。コルヌビックは胸《むね》が悪くなった。胃袋《いぶくろ》がけいれんする。あわれなマルジーは、洗《あら》いざらい話してしまったのだろう。でも、秘密《ひみつ》を明かしたところで、なんの役にも立たなかった。結局《けっきょく》は殺《ころ》されてしまったのだから。だが、マルジーをうらむ気にはならなかった。

「ところで、そこになにを持ってんの？　あんたのそのシャツの下」フレッシュが、目を細めながらにじり寄《よ》ってきた。

コルヌビックは内心あわてふためいていた。少しでも時間をかせごうと、巻《ま》きタバコをつくりはじめたが、手がふるえ、タバコの葉を半分近く、ひざの上に落としてしまった。

「なにをそんなにおどおどしてんの？　シャツの下になにをかくしてるのかって、きいただけなのに」

「なにもかくしてませんよ。こういうお腹《なか》なんです。最近《さいきん》、食べすぎで」

「ちょっと見せてもらえる？」

フレッシュがそう言うと、

「ええ、ええ、見せてもらいたいもんだわ」不機嫌《ふきげん》そうにパールも言った。ぞっとする声だ。

ああ、ついに来た。なんとかするんだ、コルヌビック。十秒以内《いない》に名案《めいあん》を思いつかないと……。

そのとき、ふと、友人ビック＝アン＝ボルヌの言葉が頭のなかに浮《う》かんだ。「死ぬのなんてへっちゃらさ。だって死んだら、虫歯が痛《いた》むこともうないんだぜ！」当時は、そんなセリフに大笑《おおわら》いしたっけ。脳裏《のうり》をかすめたこのセリフのせいだろうか、とにかく、コルヌビックの頭のなかにはとつぜん、野原を仲間《なかま》たちといっしょに駆《か》けめぐった子どものころの思い出がよみがえってきたんだ。

「待って、コルヌビック！　みんなをおいてけぼりにするなよ！」

「止まれよ、コルヌビック！　もう二周《しゅう》分もリードしてるぞ！」

勝ち目があるとしたらこの方法《ほうほう》しかないな。コルヌビックは考えた。最後《さいご》のチャンス、とにかくにも、たったひとつのチャンスだ。さあ、コルヌビック、勇気《ゆうき》を出せ！　むざむざと二匹《ひき》のムナジロテンに殺《ころ》されてなるものか！　コルヌビックは深呼吸《しんこきゅう》すると、わざと消え入《い》るような声で言った。

「いや、見せるわけにはいかない」

「ほう、それは困《こま》った」フレッシュがキイキイ声を出した。「困った困った、ねえ、パール？」

「ええ、ものすごく。それじゃ〝ばば様〟だって怒《おこ》るだろうし……」

「どうしても見たいって言ったら？」フレッシュがしつこくせまった。

「いや、見せるわけにはいかないんだ」コルヌビックはかたくなにことわった。

そしてタバコを口にくわえると、ライターが見つからないふりをして、ポケットのなかをまさぐった。ああ、そうだ、そばに置《お》いた袋《ふくろ》のなかに入れっぱなしだった。いかにもそう言わんばかりに、コルヌビックは「よっこらしょ」と立ち上がった。そのとき、ムナジロテンのふたり組は、重大なミスを犯《おか》したことに気づいていなかった。ふたりはまずい場所、つまり、小川とコルヌビックのあいだに立っていた。そんなところにいるべきじゃなかったのに！

ドスーン！ コルヌビックは不意《ふい》をつき、ムナジロテンの片方《かたほう》に強烈《きょうれつ》なタックルをお見舞《みま》いしたのだ。これでも食《く》らえ、腹黒《はらぐろ》女！ はじき飛《と》ばされたムナジロテンが相棒《あいぼう》の体にはげしくぶつかった。そのとたん、ふたりいっしょに水のなか。ドッボーン！ コルヌビックはすかさず袋《ふくろ》をつかむと、稲妻《いなずま》のように一目散《いちもくさん》に逃《に》げ出した。

〝かぎ爪《づめ》を持つやつら〟は水が嫌《きら》いだった。そのなかに突《つ》き落とされるのは、もっと嫌いだ。ヤギにタックルされるのもごめんだった。そんなあつかいには慣《な》れていなかったから。ずぶぬれになって水から上がってきたふたり組に、先ほどまでの余裕《よゆう》はすっかりなくなっていた。はげしい怒《いか》りに顔がゆがんでいる。ふたりはペッとつばを吐《は》くと、目に残忍《ざんにん》な光を宿《やど》してうなり声を上げた。だが、コルヌビックとの距離《きょり》は、すでに二十メートル。コルヌビックは自分の命と、そしてピエの命を守るため、必死《ひっし》で逃げていた。

とはいえ、コルヌビックは、いまひとつ元気がなくよたよたしていた。包《つつ》みの重さや自分の体重のせいじゃない。この一週間、ほとんどなにも食べていなかったからだ。大きすぎるパジャマでも着ているように、皮が体のまわりでだぶついていた。この二十メートルのリードを、なんとしてでも守りぬかねば。ムナジロテンのふたり組はといえば、コルヌビックのふくらはぎにしゃぶりつこうにも、追いつかなければどうしようもなかった！

数キロメートルものあいだ、三人は砂塵《さじん》をまき上げながら疾走《しっそう》した。コルヌビックは、ときどき、追《お》っ手《て》との距離《きょり》を確認《かくにん》するためにうしろを振《ふ》り返りながら、やせこけた長い腕《うで》をできるだけ大きく振り、ぜいぜいあえぎながら走った。この先どのくらいもつだろう？　ふたりの女殺《ころ》し屋には、疲《つか》れたようすはまったくなさそうだ！

とつぜん、コルヌビックの脚《あし》から力が抜《ぬ》けた。あまりにもお腹《なか》が空《す》いているせいだった。空腹《くうふく》だけはどうしようもない。じきに、頭はくらくら、足はよろよろして、地面にくずれ落ちてしまうだろう。そうなりゃ、殺し屋たち、あとは首のまわりにナプキンをまくだけだ。本日のメインディッシュはヤギのもも肉、デザートはヤマネでございます！

コルヌビックに残《のこ》された道はただひとつしかなかった。はったりをかますことだ！　一か八かでやるしかない！　コルヌビックはわざとらしい芝居《しばい》を打った。十歩進むたびに振り返り、大口を開けて深々と空気を吸《す》いこみ、左足をひきずる真似《まね》をする……。〝かぎ爪《づめ》を持つやつら〟はどんどんせまってきた。すでに獲物《えもの》を捕《つか》まえたも同然《どうぜん》と思い、怒《いか》りをふつふつと煮《に》えたぎらせている。あと十メートル、あと五メートル、あと二メートル。仕上げに、いよいよ獲物に飛《と》びかかるだけだ。

そのときだった。コルヌビックが、いや失礼《しつれい》、われらがコルヌビック選手《せんしゅ》が、猛然《もうぜん》と二度めのダッシュを始めたんだ！　コルヌビックは気力をふりしぼって疾走《しっそう》した。そしてなにより、自分がいかに元気はつらつとしているかを見せるため、死にものぐるいでがんばった。骨《ほね》はギシギシきしみ、肺《はい》は焼《や》けるようだし、体じゅう痛《いた》いところだらけだったが、「まだまだ走れるぞ」とでも言うように、涼《すず》しい顔で余裕《よゆう》しゃくしゃくのふりをした。振《ふ》り返って、追《お》っ手《て》にほほえみかけ、投げキッスまでして見せた。

「じゃあ、お嬢《じょう》さんたち、お先に！」

コルヌビックのそのようすを見てすっかりやる気を失《うしな》ったふたり組は、百メートルも行かないうちに、追いかけるのをやめてしまった。

「ぜったい見つけ出してやる！」フレッシュが憎々《にくにく》しげに顔をゆがめてどなった。

「覚《おぼ》えておきなさいよ！　どこにいたって、必《かなら》ず見つけ出してやるからね！」パールが声をからしてわめきちらした。

すでにふたりの手のとどかないところまで逃《に》げていたというのに、この脅《おど》し文句《もんく》にコルヌビックはふるえあがった。そして念《ねん》には念を入れ、さらに一、二キロ駆《か》けると、ついに疲労《ひろう》こんぱい、道ばたの草むらにドサッとたおれこんだ。動悸《どうき》がおさまり、呼吸《こきゅう》が楽になったのは、それからずいぶんたってからのことだ。落ち着いて、落ち着くんだ、コルヌビック……追っ手はかわした…

……もうだいじょうぶ……落ち着くんだ……。

コルヌビックは包《つつ》みに手を置《お》くと、やさしくなでた。

「チビすけ、だいじょうぶか？　ゆれすぎて気分が悪くならなかったかい？」

第四章

冬の終わりは、始まりよりも楽なもの。まあ、これはあたりまえ。コルヌビックは骨《ほね》と皮ばかりの体にムチ打って、農民たちの国までやって来た。

そこではみんな親切だった。納屋《なや》や家畜《かちく》小屋によろこんで泊《と》めてくれたし、カブやキクイモ、そしてときにはあたたかい料理《りょうり》もごちそうしてくれた。でもコルヌビックは、しつこくお願《ねが》いされないかぎり、お礼に音楽を披露《ひろう》するのはやめにした。いまだに冬眠《とうみん》中のかわいい仲間《なかま》を、起こしてしまうかもしれないじゃないか。

ピエをシャツの下にかかえるようになって、すでに二カ月が過《す》ぎていた。ベルトの真上にいる、あたたかくてかさばるこの丸い物体にもすっかり慣《な》れた。もうじゃまだとは思わない。ある日、コルヌビックは、包《つつ》みを背中《せなか》の袋《ふくろ》に入れ、何時間かそのまま歩いてみたのだが、どうにも落ち着かない。そこでまた、お腹《なか》のところにもどしてみた。このほうがずっとあたたかいし、ずっと快《かい》適《てき》だった。

もちろん、最初《さいしょ》はコルヌビックだって考えたさ。地面に適当な小さな穴《あな》を掘《ほ》り、この寝《ね》ぼすけが冬眠《とうみん》から覚《さ》めるまで、ほうっておくのはどうだろう？　こっちは春になったら、ぶらぶらもどってくる。そして目覚まし時計を鳴らしてあげて、いっしょに仲良《なかよ》く旅に出る。なかなかの名案《めいあん》だ。だが、考えた末《すえ》にやめにした。どうしてかって？　理由その一、このチビの寝ぼすけが早めに、たとえば二月にでも目を覚まさないとはかぎらない。そうしたら、大自然《だいしぜん》のなかにひとりぼっちになっちまう。理由その二、穴の場所がわからなくならないとはかぎらない。ここだっけ、あそこだっけ、地面を掘っても見つからない……。理由その三、ムナジロテン、またの名を〝かぎ爪《づめ》を持つやつら〟とやらが、においかなにかをかぎつけて、やって来ないとはかぎらない。スタンリーじいさんじゃないけれど、想像《そうぞう》するだけでおそろしい。

結局《けっきょく》、コルヌビックは、そのチビをそのまま肌身《はだみ》はなさず持ち歩くことにした。どっちみち、それほど迷惑《めいわく》な存在《そんざい》じゃないんだ。うるさい音も立てないし、食事代もかからない……。とはいえ、コルヌビックはこの〝お荷物〟についてだれにも話さなかったし、だれにも見せなかった。ときどき夜寝る前に、人目をしのび、しげしげと包《つつ》みをながめてみたことはあったけれど。さびしくなると、靴下《くつした》を取り出して大きな手のひらにのせ、外にのぞいたピエの小さな寝顔を前に、ちょっとおしゃべりすることもあった。

「調子はどうだい、おチビちゃん。気持ちよく夜をすごせてるかい？」

だが、おチビちゃんからはいっこうに返事がない。のりではりつけたみたいに、まぶたをぴったり閉《と》じている。二度と開かないんじゃないかと思うほどだ。鼻面《はなづら》の下で重ねているふたつの小さな手だって、これっぽっちも動かない。

「返事してくれないのかい？……してくれないよな……返事なんかしてくれたためしがないもんな……。はっきり言って、おまえ、あんまりゆかいなタイプじゃないな、だろ？　感じ悪いぞ、直したほうがいいぞ……。でも、口うるさいタイプじゃないことだけはたしかだな。それはおまえのいいとこでもある……」

ある夜、泊《と》めてもらった農場で、いつものようにピエに向かって一方的に話しかけていると、いきなり声がした。

「おじちゃん、靴下《くつした》にお話ししてるの？」

コルヌビックは飛《と》び上がらんばかりに驚《おどろ》いた。見るとその家の男の子が、戸口に立って、こちらを見ている。

コルヌビックは平静《へいせい》をとりつくろって答えた。

「そうだよ、靴下にお話ししてるんだよ。坊《ぼう》やはお話ししないのかい？」

「しないよ」

「一度も？」

「一度もないよ」

「そいつはまずいな。靴下《くつした》にはちゃんと話しかけてやらないと。仕返しされるぞ」

「え……どんなふうに？」

「くさくなるのさ！」


男の子はしばしあっけに取られていたが、なにも言わずにどこかへ行ってしまった。コルヌビックが冗談《じょうだん》を言っているのか本気なのか、よくわからなかったにちがいない。とにかく、注意するに越《こ》したことはない。コルヌビックは朝になると、すぐにその農場を立ち去った。〝かぎ爪《づめ》を持つやつら〟が近くにいるかもしれない以上《いじょう》、人目を引くような行動はさけたかったのだ。目立たなければ目立たないほど、都合《つごう》がいい。旅の道連《みちづ》れもつくらないように気をつけた。すると、ますますひとりでいることが多くなってしまった。そのため、あれこれ考える時間ができたんだ。たとえば、〝かぎ爪を持つやつら〟は、どうして小さなピエにこんなにこだわるんだろう？　なぜやっきになって、ピエを捕《つか》まえようとしてるんだ？　食べるだけが目的《もくてき》じゃないはずだ。だってちょっと頭を使って考えてみろ、食べる部分なんて、ほとんどないじゃないか！　いや、なにか別《べっ》の理由があるはずだ。コルヌビックは考えれば考えるほど、その理由を知るのがこわくなった。

手紙のなかでスタンリーじいさんは、いつの日かピエにガールフレンドが見つかって、ふたりが――むろん、やりかたを忘《わす》れていなければだが――草原を楽しく駆《か》けめぐる元気な子どもを、どっさりつくることを望《のぞ》んでいた。ああ、そうか、ムナジロテンも、同じことを考えているんだ。だが、その理由はもっと不純《ふじゅん》なものだろう！　あいつらは、ヤマネというヤマネをすべて平らげ、根絶《ねだ》やしにしてしまった。スタンリーじいさんも、あいつらのデザートにされてしまったのかもしれない。だが、やつらはいまになって、自分たちの大食《おおぐ》いぶりと浅《あさ》はかな行為《こうい》をくやんでいるんだ。コルヌビックは、ムナジロテンたちがすでに問題の女の子ヤマネを手に入れて、あとは婚《こん》約者《やくしゃ》をそのかぎ爪《づめ》で捕《つか》まえようと待ちかまえているのだ、と信《しん》じてうたがわなかった。そしてその婚約者こそ、ピエなんだ！　あの愛《あい》らしいヤマネ族は、この地上にもはや二匹《ひき》しかいない。

〝かぎ爪を持つやつら〟にとらわれている女の子ヤマネと、シャツの下ですやすや眠《ねむ》っている男の子ヤマネ。そうか。だが、男の子のヤマネがほしければ、このコルヌビック様から力ずくで奪《うば》うしかないぞ！
そんなこんなで、コルヌビックは、好《す》きだったコルヌビケットのことなど、忘《わす》れかけていた。ときたま思い出すこともあったが、そんなときはあわてて頭のなかから追いはらった。ほっといてくれ、コルヌビケット。こ

っちはもう、一年近くも足の裏《うら》をすりへらしてさすらっているんだ。お願《ねが》いだから、こんなところまで追いかけてきて、ぼくを悩《なや》ませないでくれ！　もうひとり、ときどき脳裏《のうり》に浮《う》かぶのが、ブランシュビクーヌだった。そして不思議《ふしぎ》なことに、この娘《むすめ》のことは頭のなかからしめ出したりはしなかった。ブランシュビクーヌはやさしかったな。それに、いまにして思えば、なかなかかわいかった。ほかの者たち、ソータンビック、ビック＝アン＝ボルヌや仲間《なかま》たちは、もはや見知らぬ者のように遠く感じられた。

春がやってきた。ある朝、コルヌビックはカッコウの鳴き声を耳にした。コルヌビックは立ち止まり、切り株《かぶ》に腰《こし》かけて食事を始めた。農家のおばさんにもらったライ麦パンとチーズをペろりと食べたんだ。気分は上々。そしてふたたび歩き出そうと、パチンと折《お》りたたみナイフの刃《は》をしまったその瞬間《しゅんかん》、包《つつ》みがブルッとふるえたような気がした。耳を押《お》し当ててみると、まちがいない、中身が動いている！　コルヌビックの心臓《しんぞう》がドキドキしはじめた。心の準備《じゅんび》にはじゅうぶんすぎるほどの時間があったのに、いざその瞬間が来ると、とんでもなく緊張《きんちょう》する！　おいおい、まだ三月なかばだぞ。仕入れた情報《じょうほう》が正しければ、このチビすけはあと一カ月くらいは寝《ね》ているはずだ。早めに目を覚《さ》ましてしまったのだろうか？　あわれなマルジーのくちばしの先にぶら下がって空を飛《と》んだり、『テイク・ア・ウィフ・オン・ミー』を大声で歌われたり、〃かぎ爪《づめ》を持つやつら〃に追いかけられたり、なんだかんだで、まわりがたいそうにぎやかだったことはたしかだ……。

　コルヌビックはふきんの結《むす》び目をそっと解《と》いてみることにした。指がふるえる。頭のなかに、次々と質問《しつもん》が浮《う》かんできた。ピエは歩けるのか？　言葉は話せるのか？　いったい、ぼくのことはだれだと思うんだろう？　ピエは、おそらく去年の夏の終わりに生まれ、たちまち冬眠《とうみん》に入ってしまったにちがいない。なにひとつ、お母さんの顔だって覚《おぼ》えていないだろう。コルヌビックは、以前《いぜん》だれかがこんなことを話してくれたのを思い出した。「生まれたばかりの赤ちゃんは、自分の顔を鏡《かがみ》で見たことがない。だから、自分がどんな顔をしてるのか、まったく知らないのさ。ただ、愛情《あいじょう》と保護《ほご》だけを求《もと》めてる。だから、のこぎりでも金《かな》づちでもなんでもいい、最初《さいしょ》に目にしたものを自分の親だと勘《かん》ちがいするんだよ」ってことは……。いやいや、こいつはまさか、そんなはず、ないよな……。

　靴下《くつした》のなかは、なにやらもぞもぞと動いている。コルヌビックはそっと靴下を手に取ると、はしをめくってみた。やさしい大きな黒い目が、じっとこちらを見つめて

いる。なにかを言おうと、その口が開きかけた。コルヌビックは最悪《さいあく》の瞬間《しゅんかん》が来ないように祈《いの》った。だが、その瞬間はやって来た。その小さな生き物は、びっくりした表情《ひょうじょう》で、こうつぶやいたんだ。

「パパ……？」

第五章

なんだかんだ言っても、コルヌビックとピエは、ウマが合ったみたいだ。ふたりはおたがいのことを知るにつれて、どんどん親しくなっていった。

ピエは、だいたいいつも、コルヌビックの肩《かた》の上に乗っていた。そこからだとあたり一面、よく見わたせるからだ。それに、けんかになったときに、のっぽの相棒《あいぼう》の耳をかじることもできる。なんと便利《べんり》なんだ！　でもピエは、上着のポケットのなかでじっとしているのも好《す》きだった。それも、いつも右のポケットと決まっている。なかは暗いけど、からっとしていて、あたたかい。においをかぐと、なぜか安心した。タバコとパンと、なにかと役に立つひもが混《ま》ざり合った、コルヌビックのにおいだ。ピエは、ポケットのなかにいると、もうなにもこわがらなくていい気がしたんだ。コルヌビックが大またで歩くときはとくに、ポケットのなかにいるのが大好きだった。

縦《たて》にゆれ、横にゆれ、ゆっくりとゆれ、まるでゆりかご。

小さかったピエも、あっという間にぽちゃぽちゃと肉がつき、靴下《くつした》のなかには入れなくなった。でも靴下はけっしてお払《はら》い箱にはならなかった。コルヌビックの上着のポケットのなかで、いろいろな衝撃《しょうげき》をやわらげるのに役に立ったし、寒いときにはピエの毛布《もうふ》代わりにもなったから。あるとき、コルヌビックとピエが何日か働《はたら》いた農家のおばさんは、ピエのために、サスペンダーのついた小さなズボンと小さな上着をこしらえてくれた。

毎晩《まいばん》、仕事が終わりひと休みする場所が見つかると、ピエはぴょんと地面に降《お》り立ち、ずっとちぢこまっていた足を思い切りのばすと、あちらこちらを走りまわった。そうやってピエがまるでバネのように飛《と》んだりはねたりしているあいだ、コルヌビックは火をおこしては、料理《りょうり》をした。

食事がすむと、ふたりは仰向《あおむ》けに寝《ね》そべり、空を見上げた。ピエが空を指さしてこう言った。

「ねえ、コルヌビック。ほら、あそこのあれ、あれはなに？　お星様？」

「ううむ、星だと思うけどな」

「なんて名前の星なの？」

「ううむ、なんだっけな、思い出せないな、ええと……」

「ここからどれぐらい離《はな》れているの？」

「遠いよ、とっても遠いんだ、チビすけ。遠いとしか言えないな」

チビすけ。これはコルヌビックがピエにつけた、おびただしい数の呼《よ》び名のひとつだった。ほかにも、もっとかわいらしい名前や、奇妙《きみょう》な名前がいろいろあった。最初《さいしょ》は、なんと〝おもらし小僧《こぞう》〟、お次は、空から降《ふ》ってきたから〝星の王子様〟。さらには〝おデブちゃん〟、〝おチビちゃん〟、〝芸術家《げいじゅつか》くん〟……ってな具合《ぐあい》さ。よっぽどのことがないかぎり、コルヌビックがピエを本名で呼ぶことはなかった。よっぽどのことっていうのは、たとえば、森のなかでピエがいなくなってしまったときとかさ。だって、モミの林のまんなかで、いくらなんでも〝おもらし小僧!〟って呼ぶわけにはいかないだろう?

コルヌビックは、星についてなにも答えられない自分にうんざりすると、ずだ袋《ぶくろ》からバンジョーを取り出して、短い曲を歌いだした。その歌声は、話すときとはまったくちがい、妙《みょう》に鼻にかかっていた。でも、コルヌビックはなんてったって歌がうまい! ピエはそう思っていた。その気になればプロの歌手にだってなれるはず。

だいたい、ふたりが農家で、小さな即興《そっきょう》コンサートをするときの雰囲気《ふんいき》はこんな感じだった。最初《さいしょ》は、だれもがよそよそしく、遠巻《とおま》きに歌を聴《き》いているだけ。でもピエはへっちゃらだった。なぜって、あっという間にだれもがコルヌビックの歌に吸《す》いよせられると知っているから。いつだってそうなんだ。その歌を聴くと、だれでもみんな、つまさきが自然《しぜん》と動き出

す。そのつまさきが地面をたたき、いつの間にかリズムを取っている。だんだんと、歌に合わせて頭がゆれて、そのうちだれもが、手をたたいて歌いだす。そしてコルヌビックの肩《かた》の上のピエは、コンサートの進行役。「みなさま、お聴《き》きいただけましたでしょうか？　歌いましたのは、わが親友、コルヌビックです。今宵《こよい》、彼《かれ》の歌声を聴けたみなさまはまことに幸運、でもわたしは、毎日聴くことができるのです。なにせ、わたしは彼の相棒《あいぼう》、明日またいっしょに新たな旅に出ます。放浪《ほうろう》の音楽家なのです……」

ピエの食料《しょくりょう》を調達《ちょうたつ》するのはかんたんだった。ほっぺたは丸々ふくらんで、お腹《なか》もぽんと出ていたが、ピエには、クルミやハシバミの実、パンや生のニンジンがあればじゅうぶんなのだ。なんでもいいんだ、ポリポリ、パリパリかじれるものなら。ピエには、味よりもかじる音のほうが大事なのにちがいない。

そうやって、とにもかくにも、ふたりは楽しく暮《く》らしていた。

だが、秋になると、楽しいとばかりは言っていられなくなった。というのも、当然《とうぜん》のことながら、ピエがこっくりこっくり居眠《いねむ》りを始めたからだ。しょっちゅうあくびをして、まぶたがいまにも閉《と》じそうだ。ピエがどんなに起きていようとしてもむだだった。体内の小さな時計が命じているのだから。コルヌビックはわざと冗談《じょうだん》めかして言った。

「さてさて、そろそろ冬のスポーツのお時間だぞ」

でも本当は、コルヌビックは、そのときが来るのがいやだったんだ。考えただけでも気がめいった。ピエが遠くへ遠くへ行ってしまい、見捨《みす》てられるような気分だった。でもその日はやって来た。コルヌビックはピエを毛布《もうふ》にくるみ、悲しげにシャツのなかに入れた。そしてひと言「おやすみ、また明日」と言った。まるで翌朝《よくあさ》には目覚《めざ》めるかのように。でも、実際《じっさい》には、それからいく晩《ばん》もいく晩も、二百日以上《いじょう》ものあいだ、コルヌビックはひとりぼっちで過《す》ごさなければならなかった。

反対に、春が来ると、まるでお祭り気分だった。かわいいピエがもどってきたのだ。ピエは、ふたつのこぶしで目をこすった。七カ月もの冬眠《とうみん》から目覚めたばかりで、まだ少しぼうっとしている。コルヌビックはピエを自分の手のひらに乗せて、笑《わら》いかけた。

「やあ、相棒《あいぼう》！」

「やあ、コルヌビック……」

「よく眠《ねむ》れたかい？」

「うん……」

「もう少し、お寝坊《ねぼう》したいんだろう？」

「ううん、だいじょうぶ……」

「なんか言っておくれよ」

「お腹《なか》が空《す》いたな……」

そうだろうと思っていた。コルヌビックは、それから数日間、ピエの口にハシバミやクルミの実をせっせと運び、牛乳《ぎゅうにゅう》を飲ませてやった。ようやく満腹《まんぷく》になったピエは、コルヌビックに、冬眠《とうみん》しているあいだのことを質問《しつもん》した。

「それで、コルヌビック、この冬はなにをしてたの？」

「ふん、いつもと同じさ。歩いてただけさ」

「雪は降《ふ》った？」

「一月はかなりな」

「いつかぼくも見られると思う？　その雪ってやつを」

「ああ、その気になればね。少しだけ早く起きればいい。すごく早くじゃなくていい、二カ月ぐらいのもんさ。そうそう、雪と言えばな、ある朝目覚《めざ》めると、そこにこんな大きな足跡《あしあと》があった。イノシシの足跡じゃないな、と思ったんだが……」

こうして話はえんえんと続《つづ》いた。イノシシのこと、納屋《なや》のこと、宿屋のこと、そしていくつかの出会いについて。ピエは、自分が毛布《もうふ》のなかでクルミをかじる夢《ゆめ》を見ているあいだに起こった

さまざまなできごとを、コルヌビックから聞くのが大好《だいす》きだった。どの話も楽しくて楽しくてしかたがなかった。笑《わら》いこけたり、びっくりしたり、ときにはからかったり……。コルヌビックは、なかでもとっておきの笑い話を選び、次々にピエに聞かせてやった。小さな相棒《あいぼう》が、自分の肩《かた》の上で笑いころげる声を聞くのがうれしかったんだ。

悲しい話やさびしい話はやめておいた。そんな話、わざわざピエに聞かせることはない。ふたりをさがしまわっている〝かぎ爪《づめ》を持つやつら〟についても、もちろん話さなかった。とても話す気になどなれなかったんだ。

それでもある日、すんでのところで、追《お》っ手《て》の話をしそうになった。

その日は雨が降《ふ》っていた。そこでふたりは、雨に当たらないように、葉が生《お》いしげった大きなナラの木の下にいた。コルヌビックは、仰《あおむ》向けに寝《ね》ころがり、ひざを曲げ、自分のずだ袋《ぶくろ》を枕《まくら》代わりにして、うとうととまどろんでいた。ひざの上にはピエがいた。ちょうどコルヌビックと向かい合わせ、その顔をじっと見ている。景色《けしき》に背《せ》を向けていたけれど、そんなことどうでもよかった。ピエにとっては、コルヌビックの顔こそがいつも見ている景色なのだから。ピエには、コルヌビックの頰《ほお》が水のない谷に見え、鼻が山で、青い瞳《ひとみ》が大海原、あごひげがうっそうとした森だった。かれこれ一時間以上《いじょう》も前からピエは黙《だま》ったまま、コルヌビックの顔を見つめていた。ところが、おもむろに口を開いてこう言った。

「どこに行くの？」

この質問《しつもん》は、まるで静《しず》かな湖面に投げられた小石のようなものだった。しかも、いつもあれほど陽気で元気いっぱいのピエが、悲しげに消え入《い》りそうな声できいたんだ。

「うん？　なに？」

「どこに行くのってきいたんだよ。どうして、ずっと歩きつづけるの？」

「どうしたんだ？　雨のせいで気分がブルーになってるのかい？　ぼくのポケットに入って、少し眠《ねむ》るといいよ」

でもピエは、動こうとしなかった。生《お》いしげった木の葉を通して、雨のしずくがピエの頭に落ちてきた。ポタン！　でもピエは、そでで水滴《すいてき》をぬぐっただけだった。

「いつか歩くのをやめるの？」

コルヌビックは本当のことを言ってしまいたかった。でもピエがショックで気絶《きぜつ》したらどうするんだ？　コルヌビックはこんなふうに想像《そうぞう》した。

「いいか、よく聞けよ、ピエ。ぼくたちはどこも行くあてがないんだ。どこかに向かっているんじゃなくて、逃《に》げてるんだ。そのちがい、わかるだろ？　ぼくたちを追ってくる卑劣《ひれつ》なケダモノどもから逃げてるんだ。そいつらは〝かぎ爪《づめ》を持つやつら〟とか〝ムナジロテン〟とか〝性悪《しょうわる》女〟とか呼《よ》ばれている。〝ケダモノ〟って言われることもあるな。そいつらは闇《やみ》のように真っ黒で、ヒョウのようにしなやかな身のこなしで、しかも残酷《ざんこく》で、疲《つか》れ知らずだ。何百匹《びき》も何千匹もいる。そいつらの唯一《ゆいいつ》の望《のぞ》み、そいつらのお目あて、そいつらの夢《ゆめ》、それはきみさ、ピエ。きみを捕《つか》まえることなんだよ」

ピエがどう反応《はんのう》するかは、手に取るように想像《そうぞう》できた。

「ぼ、ぼ、ぼくを捕まえるだって？　なんで？　なんで、ぼくなの？」

この質問《しつもん》に答えるためには、さらにおぞましいことをピエに告白《こくはく》しなけりゃならないだろう。ピエが、数少ない生き残《のこ》りのヤマネであること。ピエ以外《いがい》に生き残っているのは、かわいい女の子が一匹だけだが、その子もいまやその〝かぎ爪《づめ》を持つやつら〟にとらえられていること。ピエの種族《しゅぞく》のほかの者たちはすべて、そいつらにこてんぱんにやられてしまったこと。そんなことピエに言ってみろ。うめき声を上げて、泣《な》き出すだろう。うつぶせにたおれ、こぶしで何度も地面をたたくにちがいない。頭をあのぼろぼろの靴下《くつした》のなかにつっこんだまま、二度とそこから出そうとしないかもしれない。いまだって、一年十二カ月のうち、七カ月は姿《すがた》を見せないというのに！

「ポケットのなかにピョンしなよ。ふるえてるぞ」

今度はピエもしたがった。コルヌビックのズボンに沿《そ》ってすべってきたかと思うと、上着をよじのぼり、ポケットのなかに入っていった。数分待ってからコルヌビックが声をかけた。

「寝《ね》ちゃったのか？」

ポケットからはもう、子ネコがのどを鳴らしているような音しか聞こえてこなかった。コルヌビックは静《しず》かに立ち上がると、手足をつっぱって、大きくのびをした。それからずだ袋《ぶくろ》を肩《かた》にかついで、土の道をまた歩きはじめた。雨はほとんどやんでいる。ピエにはもっとあとになってから話そう。そのうち、そんな機会《きかい》もあるだろう。

第六章

まるで小説《しょうせつ》のなかのように、あっという間に三年がたった。ある朝のこと。日の光がぼんやりと田園を照らしはじめ、道の草の上では朝露《あさつゆ》がきらめいていた。

ふたりは、ブドウ畑を歩いていた。コルヌビックは、マスカットをひと粒《つぶ》もぎとると、口のなかにほうりこむ。ブドウの皮がはじけ、おいしい果汁《かじゅう》が口いっぱいに広がった。

「ペチャペチャ……。ピエ、ひとつどう？」

コルヌビックはピエにマスカットをひと粒さしだした。ピエは果汁を吸《す》うと、ブドウの皮にかじりつき、ゆっくりと時間をかけて、ポリポリとかみくだいた。

その畑では、二十人ほどの女と子どもが一列にならび、体を折《お》りまげながら、ブドウの房《ふさ》を刈《か》り取っては、大きな樽《たる》に投げこんでいる。樽がいっぱいになると、今度は男たちが樽の取《と》っ手《て》に長い棒《ぼう》を通して、ひとつずつ運んでいった。運び先は、少し遠くでお待ちかねの荷馬車だった。

「人手は足りてますか？」コルヌビックは言ってみた。

背《せ》が高く、冷静《れいせい》で厳《きび》しそうに見えるブドウ畑の持ち主《ぬし》が、コルヌビックをじろじろと見た。コルヌビックにどれぐらい力があるか値踏《ねぶ》みしているようだった。こいつには、脂肪《しぼう》がほとんどなく、筋肉《きんにく》と神経《しんけい》だけでできているようだ。なかなか頑丈《がんじょう》で使えそうだぞ、と男は思った。

「とりあえず、夕方まで働《はたら》いてみてくれ。よさそうなら一週間雇《やと》ってやろうじゃないか。一日、八十スーでどうだ？　宿と食事つきだ」

「九十スー！」コルヌビックは取引に出た。

「わかった、いいだろう」

「それと、相棒のためにもう十スーということで。ほんとは百スーぐらいの役には立ちますけどね……」コルヌビックは、肩《かた》の上に乗っているピエを指さしてこうつけ加《くわ》えた。

ブドウ畑の男はいぶかしげな表情《ひょうじょう》で言った。

「このおチビになにができるのかね？」

「背中がむずがゆかったら、こいつがかいてさしあげます。ピエ、このかたに見せておあげ！」

ピエは地面にぴょんと降《お》り立つと、すぐそばの小さな木のところまで走っていって、ハシバミの短い枝《えだ》を取ってきた。それからブドウ畑の男の肩によじのぼると、シャツにその枝をさし入れ、背中《せなか》のはしからはしまで、カリカリポリポリ、それはそれは元気よくかいてさしあげたんだ。ブドウ畑の男は、あまりのこそばゆさに、身をよじらせて笑《わら》いだした。そのようすは、ブドウ畑の女たちや子どもたちにも大うけだった。

「こいつは昼食のときに、ハエを退治《たいじ》することもできます！」コルヌビックは、とどめをさすかのように、高らかに言った。

「よかろう。おまえさんたちを雇《やと》ってやろう。大きいの、おまえさんは、わしと組んで樽《たる》を運ぶんだ」

こうしてコルヌビックは運び屋になった。なかなかお似合《にあ》いの仕事だ。女や子どもとブドウの房《ふさ》を刈《か》り取って腰《こし》を痛《いた》めるよりは、ずっとよかった。ブドウ畑の男とコルヌビックはふたりとも、朝早くから、むだ口ひとつたたかずにせっせせっせと働《はたら》いた。ふたりは同じ背丈《せたけ》、同じ脚《あし》の長さ、そのうえ同じぐらいがまん強かったので、息もぴったり。ブドウの樽は荷馬車まで、楽々とスムーズに運ばれていく。荷馬車がいっぱいになると、そこに一頭の馬がつながれて、どこかに去っていった。そうすると、ふたりは、からの荷馬車がもどってくるまで、しばしのあいだ休むことができた。

「おまえさんたちは、さしずめ、レースに参加《さんか》するためにここにやってきたんだろう」ブドウ畑の男が言った。

コルヌビックは、大きなチェック柄《がら》のハンカチで額《ひたい》の汗《あせ》をぬぐった。

「レースってなんです？」

男は、コルヌビックがかの有名なレースを知らないことに、驚《おどろ》いたようだった。

「もちろん、あのレースのことだ。毎年恒例《こうれい》の大会だよ。おまえたち、そんなに遠くから来たのか？」

「とんでもなく遠くからね」コルヌビックはため息をついた。「ところで、そのあなたがたのレースとやらは、どんなものなんです？」

「二十五キロメートルのマラソンだよ。今度の日曜日、この村のあそこが出発地点だ。それからこのブドウ畑に沿《そ》って走る。あの角をぐるっとまわって、丘《おか》に登り、あの林を抜《ぬ》けて、ふたたび坂を下《くだ》り、うしろに見える川に沿って村にもどってくるんだ。そのコースを五周《しゅう》。それで二十五キロメートル。おまえさんも試《ため》してみるかい？」

「そうだなあ。こう見えても、脚《あし》にはけっこう自信《じしん》があるんですよ。いい線行くかもしれないな

あ」

「そうだと思った。百人以上《いじょう》のランナーが参加《さんか》するんだが、ほとんどがプロの選手《せんしゅ》で、この大会に勝つために一年じゅうトレーニングしている。だがな、十年ほど前に一度だけ、そいつらをみんなやっつけたアマチュア選手がいたんだ。ちょうどおまえさんのようなタイプだった。淡々《たんたん》としていて、無口《むくち》で、がまん強く、タフな選手だ」

「で、勝つとなにをもらえるんです？」

「袋《ふくろ》に入った金貨《きんか》を一キロ分だ。勝者は、それを腕《うで》にぶら下げて帰れるってわけだ」

コルヌビックは自分の耳をうたがった。生まれてこのかた、手にしたことがあるのは、たった一枚《まい》の金貨だけ。それも何年も前のこと。それが、金貨一キロ分だって！　それだけあればなにが手に入るだろう？　コルヌビックの頭のなかに、湯気《ゆげ》を立てているジャガイモ料理《りょうり》やら、とっても濃厚《のうこう》な豆スープやら、キノコオムレツやら、とろけるようなライスプディングやらが次々と浮《う》かんできた。思わず口からよだれが出てきて、あごひげがビシャビシャになったほどだ。

そのときちょうど、昼食の時間になり、だれもが仕事を中断《ちゅうだん》した。みんな大きなオリーブの木の下にすわり、かごから食料《しょくりょう》が配られる。コルヌビックは胃《い》がよじれるほど腹《はら》ぺこだったにもかかわらず、礼儀《れいぎ》正しくふるまって、どんな食べ物も最後《さいご》に手を出すようにした。

「スープのおかわりはいかが、コルヌビックさん？」コルヌビックの食べっぷりに気づいた農家の若《わか》いおかみさんが言った。

「それでは、遠慮《えんりょ》なく、あとほんの少しだけ……」コルヌビックはそう言って、おわんをさし出した。

「チーズももう少しどうぞ、コルヌビックさん」

「では、お言葉に甘《あま》えて……」

結局《けっきょく》、コルヌビックは、ほとんどお腹《なか》いっぱいになるまで食べつづけた。

一方、ピエは、あちらこちらをピョンピョンしながら、ハシバミの枝《えだ》を振《ふ》りまわしていた。その日のお昼は、だれの鼻先にもハエはとまらず、だれも蚊《か》に刺《さ》されることもなかった。

ブドウの摘《つ》み取りをしている女たちのなかに、黒い肌《はだ》に黒い服、ブドウの若枝よりも節《ふし》くれだった指を持つひとりの老女《ろうじょ》がいた。老女は、コルヌビックをずっと見つめていた。ピエが、用足しをするためにしげみのうしろに行ったとき、この老女は、洋ナシの皮をむきながら、なにやらぶつぶつと言いはじめた。

「ちょいと、トルヌビックのだんな、あんたのあのお仲間《なかま》、あれはひょっとすると……ええと、なんて言ったっけねえ？　あの種族《しゅぞく》はもう残《のこ》ってないはずじゃないの？　だってほら、ムナジロテンに、みな殺《ごろ》しにされたとか……グサッって！」

老女は親指を自分の首に当て、のどをかき切るしぐさをした。グサッ！

コルヌビックは、まったく聞こえないふりをして、カップに入ったコーヒーをふうふうと冷《さ》ました。でも、心臓《しんぞう》の鼓動《こどう》だけは、どんどん速くなっていた。

すると老女《ろうじょ》は、さらに声を大きくして、しつこく言った。

「トルヌビックのだんな、あんたのあのお仲間《なかま》……」

「コルヌビックです。わたしはトルヌビックじゃなくて、コルヌビック。よろしいですか？」

「あら、ごめんよ。だからね、あんたのお仲間は不思議《ふしぎ》なぐらい似《に》てるなあと思って、ほら、なんと言ったかねえ、あれだよ……」

しげみのうしろでは、ピエが立ち上がっていた。ズボンをはき直し、ボタンをとめて、サスペンダーに腕《うで》を通し、こちらにもどってくるところだった。

「ええ、たしかにあいつは似てますよねえ、あの……」

コルヌビックはここまで言うと、とつぜん思い切った行動に出た。湯気《ゆげ》の出ているコーヒーを、自分のひざの上にひっくり返したのだ。
「あちちち！　やけどした！　まったく、いまいましいコーヒーめ！」
コルヌビックは、なんとかしようと、あわてふためいた。そしてズボンをくるぶしまで下げると、冷《つめ》たい水をしみこませた布《ぬの》をやけどの上に押《お》し当てた。そして、うめき声を上げながら、幼《おさな》い子みたいにわんわん泣《な》いた。

「痛《いた》いよう！　やけどしたよう！　お母さーん！」

こんな強そうな若者《わかもの》が、そんな弱音《よわね》を吐《は》くなんて、いったいどうしたんだろう、とだれもが思った。でもかまうものか。とにかく、ピエになにも聞こえなきゃそれでいいんだ。あの、まぬけなばあさんめ！

夜になり、ピエとふたりで納屋《なや》のなかで横になっても、コルヌビックはまったく眠《ねむ》れなかった。あのご親切な老女《ろうじょ》は、これからも、しわだらけのまぶたの下からピエをじっとながめつづけ、そして、今度はピエがいる前で、もっと大きな声で言うにちがいない。「ちょいと、トルヌビックのだんな……」だからといって、毎日、足にやけどするわけにもいかないじゃないか。

これまでコルヌビックは、ほんのわずかでも危険《きけん》のにおいをかぎつけたら、すぐにその場所を離《はな》れてきた。その原則《げんそく》を守るなら、明日の朝、夜が明けたらすぐに、働《はたら》いた金も受け取らないままに、さっさとここからおさらばしなければならない。でも、日曜日まで待てないものだろうか。その有名なレースとやらに参加《さんか》して、ひょっとしたら勝てるかもしれないのだ。

わらのなかでは、ピエが体内の小さなエンジンを始動させ、ゴロゴロと音を立てていた。コルヌビックはそのようすをじっと見つめ、いつものように、ほろりとした気分になった。そして手の甲《こう》で、やさしくピエをなでてやった。おやすみ、チビすけ、おまえはなにも心配しなくていいんだよ。

第七章

翌《よく》日《じつ》、ブドウ畑に着いたコルヌビックはびっくりした。あの老女《ろうじょ》がいなかったからだ。その次の日もやっぱりいなかった。ばあさんは自称《じしょう》〝痛風持ち《つうふう》〟だった。その病気が出たんだ！　とコルヌビックは思った。でもそれはコルヌビックにはむしろ好都合《こうつごう》だった。

「で、大会はどうするかね？」いまやコルヌビックの仕事上の相棒《あいぼう》となったブドウ畑の男がきいてきた。「おまえさんのその長い脚《あし》なら、勝算があると思うがな」

「どうしようかな……うーん、どうしようかな……」

そう言いながらも、コルヌビックの腹《はら》はとっくに決まっていたんだ。

日曜の朝がやってきた。秋のやわらかな日ざしが、村の広場を包《つつ》んでいる。広場には、すでに二十人ほどの出場選手《せんしゅ》とおおぜいの観客《かんきゃく》がつめかけていた。噴水《ふんすい》の前には、がたがたするテーブルの向こうに、麦わら帽子《ぼうし》をかぶって大量《たいりょう》の汗《あせ》をかいている太った男がすわっている。受付係《うけつけ》だ。

「名前は?」

「コルヌビックです」コルヌビックが答えた。

「プロ選手《せんしゅ》?」

「いえ、アマチュアです」

「規定《きてい》どおりの服装《ふくそう》だね?」

「規定どおり、というと?」

「競走用《きょうそう》パンツに競走用の靴《くつ》……」

「靴は自分のを履《は》くつもりなんですけど、まずいですか? パンツは持っていません」

太った男は、テーブルの下にある段《だん》ボール箱に手をつっこんだ。

「ほら、これをはいてみなさい。おしりを見られたくなかったら、あの丸太小屋のなかで着がえるんだ。あそこが更衣室《こういしつ》だ。それから、ゼッケンをつけて」

数分後、コルヌビックは、シャツとズボンを腕《うで》にかかえて、小屋から出てきた。それを見たピエは笑《わら》ったなんてものじゃない。ふたりが知り合ってからもうだいぶたつが、こんな変《へん》なかっこうのコルヌビックを見たのは初めてだ。白い毛むくじゃらのガリガリの脚《あし》は、はためくダブダブの半ズボンの旗《はた》から出ている棒《ぼう》っきれみたいに見えた。

「なにがそんなにおかしいんだよ！」ピエの鼻先にズボンを投げつけながら、コルヌビックは怒《おこ》った声で言った。「それより、ゼッケンをつけるのを手伝《てつだ》ってくれよ」

ピエはいつものようにコルヌビックの脚《あし》をよじのぼろうとした。でも長いズボンをはいてないものだから、つかむところがなくてずり落ちそうになった。笑《わら》いが止まらないだけに、よけい苦《く》労《ろう》したんだ。

「爪《つめ》でひっかくなよ、このバカ！」コルヌビックはいらいらしていた。結局《けっきょく》、コルヌビックは、地面にひざをついてピエを肩《かた》にのぼらせ、ゼッケンをつけてもらった。

ゼッケン二十七番。

十五分後、コルヌビックとピエは、いつもとちがってまったくひと気《け》のないブドウ畑のそばの、まっすぐな道を歩いていた。ピエは十メートルも遅《おく》れをとっていたが、コルヌビックはおかまいなしだった。

「コルヌビック、待ってよ。これじゃ、追いつけないよ」

「これはこれは。先ほどはあんなに笑うだけの力をお持

ちでしたのに、いまはぼくに追いつく力もないのですか？」

「でもなんでまた、レースが始まる前にこんな疲《つか》れることするの？」

「疲れなんかしないさ、歩いてるだけだからね！　コースのむずかしいところを覚《おぼ》えているんだ。本番できっと役に立つ」

ふたりはブドウ畑の先を左に曲がり、たっぷり二キロメートルも急な坂を上った。それからブナの林を抜《ぬ》けるとその先が丘《おか》のてっぺんだ。

コルヌビックはコースをこう診断《しんだん》した。

「ピエ、問題はここだ。この上り坂が一番の難所《なんしょ》だ。最初《さいしょ》の何周《しゅう》かを飛《と》ばしすぎると、きっと後悔《こうかい》することになる！」

ピエは、ぜいぜい息をしながら、ようやくコルヌビックに追いついた。

「いま、な、なんて言ったの？」

「コースの山場は、なんてったってここだ、って言ったんだ。この坂道だよ！」

「じゃあ、ぼくはここにいることにするよ。きみが通るたびに、がんばれ！　って……ふう……声援《せいえん》を送るから」

コルヌビックは、やぶのなかにずだ袋《ぶくろ》と自分が着ていた服を置《お》いた。それからピエをブナの低《ひく》い枝《えだ》の上にのせ、幹《みき》にもたれさせた。

「ここから動くなよ。目立たないようにするんだぞ。わかったな。レースが終わったらすぐに迎《むか》えに来るから。じゃ、あとでな」

そう言うとコルヌビックは、大またでさっさと丘《おか》の反対側《がわ》の坂道を下《くだ》りはじめた。と、うしろからピエの声が追いかけてきた。

「ねえ、コルヌビック！」

コルヌビックは振《ふ》り返った。

「なんだよ？」

「がんばってね！」

コルヌビックは口のなかで小さく「ありがとう」とつぶやいてから、坂を下《お》りていった。ピエをこんなふうにひとりにして、だいじょうぶだろうか。

村の広場に着くと、いつもとはまったくようすがちがった。あふれんばかりの人でごったがえしている！　コルヌビックは、しかたなく、出場者たちのあいだをうろうろしていた。ブドウ畑の男が言っていたことは本当だった。あっちからもこっちからも人が集まってきているのだ。のっぽでガリガリの選手《せんしゅ》もいれば、小がらでも筋肉《きんにく》りゅうりゅうでがっしりしている選手、肌《はだ》の黒い選手、白い選手、毛深い選手、毛のない選手……。こちらではウォーミングアップのためにピョンピョン飛《と》びはねているかと思えば、あちらでは柔軟体操《じゅうなんたいそう》。仰《あお》向けに寝《ね》ころんで、ふくらはぎをマッサージしている人もいる。コルヌビックはもうすでにウォーミングアップはじゅうぶんだったので、選手《せんしゅ》たちのまんなかで、ただぼうっとたたずんでいた。

「いやあ、二十七番なんですか？」

その声にコルヌビックは振《ふ》り返った。話しかけてきたのは、中年の男だった。ゼッケン三十番をつけている。はげかけた頭にバンダナを巻《ま》いたその男は、おどおどと笑《わら》いかけてきた。

「あなたのゼッケン。二十七番なんですね！　去年のぼくの番号なんです」

「そうなんですか？」

「ええ、いいことありますよ！」

「優勝《ゆうしょう》なさったんですか？」

「優勝？　まさか。二十年間出場してますが、優勝なんて一度も。でも去年は、そのゼッケン二十七番で、完走《かんそう》できたんですよ！」

コルヌビックは驚《おどろ》いた。

「そんなにきついんですか、このレース？」

今度は男が驚いたようすで、コルヌビックを見つめ返した。

「そりゃ、まあ。出場するのは初めてで？」

「ええ、そうですけど」

「ああ、それで……」

男は、そうっとあたりを見わたすと、コルヌビックに手招《てまね》きした。そして、コルヌビックが男のほうに身をかがめると、口もとに手を当て、こうささやいたんだ。

「二十七番のよしみで教えてあげますよ。あなたは口が固《かた》そうですしね。いいですか、川にはじゅうぶん気をつけることです」

「川？　なんでまた……」

だが、男はそれ以上《いじょう》はなにも言わずに、行ってしまった。

めがねをかけた背《せ》の高い男が、踏《ふ》み台の上から、メガホンを持ってつばをとばしながら叫《さけ》んだ。

「出場選手《せんしゅ》は、スタート地点のロープのうしろにお集まりください。くりかえします……」

コルヌビックは、人の流れにしたがった。するといつの間にかスタート地点の集団《しゅうだん》のなかにいた。百人もの屈強《くっきょう》そうな選手たちがたがいににらみあっている。にこりともせず、話そうともしない。コルヌビックは、こんな野蛮《やばん》なレースに出るために、ピエをたったひとりで置《お》き去りにしたことを、いっそう後悔《こうかい》していた。でも、もう遅《おそ》い。こうなりゃ、走るしかないだろう。

位置《いち》について、ようい、スタート！

コルヌビックは先頭集団に入らないように気をつけた。レースは二時間も続《つづ》くのだ、最初《さいしょ》の一周《しゅう》からカッコいいとこ見せたって、途中《とちゅう》で息切れするだけだろう。村を出ると、驚《おどろ》いたことに、

道路の両側《りょうがわ》とも観衆《かんしゅう》がぎっしりだった。叫《さけ》び声やどなり声があちこちから聞こえてくる。群集《ぐんしゅう》は、レースを少しでもよく見ようと、押《お》し合いへし合いしているようだ。国じゅうがこのマラソンレースに熱狂《ねっきょう》している！　さらに百メートルほど走るとまたもやびっくりした。ゴールラインのまん前に表彰台《ひょうしょうだい》がしつらえてあり、そこに置《お》かれたテーブルの上に、例《れい》の金貨《きんか》袋《ぶくろ》が鎮座《ちんざ》していたからだ。その両脇《りょうわき》では、ふたりのたくましい大男がゴリラのように厚《あつ》い胸板《むないた》の前で腕組《うでぐ》みをしながら、金貨袋の番をしていた。

ブドウ畑に沿《そ》って、百足の靴《くつ》がもうもうと土ぼこりを立てていた。これじゃ、ほとんど前も見えないし、ゴホゴホ咳《せ》きこむばかりだ。コルヌビックはハンカチを口に当て、むりをせず、マイペースで走っていた。そのとき、人々のどなり声のなかから自分の名前を呼《よ》ぶ声が聞こえたような気がした。ブドウ畑の仲間《なかま》が声援《せいえん》に来てくれているのだろうか。だとすると、応援《おうえん》してくれる人が二十人もいるわけだ！

丘《おか》のてっぺんに続《つづ》く険《けわ》しい坂道に出たとたん、脱落者《だつらくしゃ》が出はじめ、選手《せんしゅ》の列もどんどん長くなっていく。コルヌビックはわざと歩幅《ほはば》をちぢめ、次から次へとほかの選手に追い抜《ぬ》かせた。ほらほら、ウサギさんたち、あとでゆっくり話そうぜ！

丘のてっぺんのほうに目をやったが、ピエの姿《すがた》が見つからない。それもそのはず！　木という木は、枝《えだ》の上にまたがったり、小ザルのように枝につかまったりした子どもたちに、すっかり占《せん》領《りょう》されていたんだ。その子たちは、叫《さけ》び声を上げながら、葉っぱをちぎっては投げていた。

丘《おか》の反対側《がわ》の坂を駆《か》け下りるのは、まさしく離《はな》れわざだった。選手《せんしゅ》たちは、ぶつかりあい、入《い》り乱《みだ》れて、坂をころがり落ちていった。選手の半分は足首をねんざした。だが、何人かはみごとに体勢《たいせい》を立て直した。

いよいよ問題の川に出た。左側は水が流れ、右側はしげみにおおわれた高い土手になっている。そのあいだに、草が生えた広くない道があった。五人がぴったり横にならんで行くのがせいぜいで、先に行くほど細くなっている。散歩《さんぽ》に向いている場所とはとてもいえない。薄暗《うすぐら》く、腐《くさ》った木のにおいがする。とはいっても、川のなかにでも落ちなければ、さほど危険《きけん》はないじゃないか。

そう思った矢先だ。コルヌビックは、腹《はら》に強烈《きょうれつ》なひじ鉄をお見舞《みま》いされた。

「ううう！」一瞬《いっしゅん》息が止まった。

「おっと、失礼《しつれい》」ちょうど前を走っていたのっぽの男が小声で言った。

なんて野郎《やろう》だ、わざとやったにちがいない。失礼ってあやまればすむわけじゃないだろう。痛《いた》いなんてものじゃなかった。コルヌビックはそれから百メートル以上《いじょう》も腹をおさえたまま走らなければならなかったんだ。だが、それだけでは終わらなかった。ボチャーン！　という音が後方集団《しゅうだん》から聞こえてきた。ひとりの選手が川のなかでもがきながら、口汚《くちぎたな》くののしっている。

「チクショウ！　二周《しゅう》めがどうなるか、よーく見てろよ！」

その選手《せんしゅ》は土手の縁《ふち》をつかみ、なんとか川からはいあがろうとしていた。だが、その瞬間《しゅんかん》、そこを通りかかった三人のランナーが、次々とその選手の手を踏《ふ》みつけたのだ。

「おっと、失礼《しつれい》……」

「あ、悪いね……」

「ああ、すいません……」

その選手は土手に上がるどころか、あやうく二度もおぼれかけた。なんとていねいで、お行儀《ぎょうぎ》のよいランナーたちなんだろう！　ただただ、うっかり者が多いのだけがくやまれる……。コルヌビックは気分が悪くてしかたなかった。というのも、たった二分で十人ものランナーが川に落とされ、地面にはいあがろうとするたびに、手を踏みつけられたのだ。「おっと、失礼……ああ、すいません……」そのうちのひとりは、頭の上にカエルをのせて、後方集団《しゅうだん》が通りすぎるのを、がっかりしながら見つめていた。

道はその先で右にそれて川からだんだん遠ざかっていく。コルヌビックは、そこに行くまでに、今度はおしりにひじ鉄を食《く》らった。さらに、ごつごつした手で顔をはたかれた。手の持ち主《ぬし》は、腹《はら》にひじ鉄を見舞《みま》ってくれたあのとんでもない選手だった。ゼッケン七十七番だ。「おい、そこのチビ」怒《いか》り狂《くる》ったコルヌビックは心のなかで言った。「おまえの顔はしかと覚《おぼ》えさせてもらったぜ。あとで、ゆっくり話をつけような……」

やがて、道の両側《りょうがわ》でわめいている群集《ぐんしゅう》がふたたび見えてきた。ひとりの男が興奮《こうふん》して叫《さけ》んでいる。

「二十二人減《へ》ってるぞ！　数えてみたんだ、二十二人だぞ！」

コルヌビックは、このレースのルールをゆっくりと理解《りかい》しはじめた。第一条《じょう》、最初《さいしょ》にゴールした者が優勝《ゆうしょう》する。第二条、なんでもあり、とくに川沿《ぞ》いの区間では。第三条、第三条はない。

よし、ようやくわかったぞ。コルヌビックは、鼻血をおさえて赤くそまったハンカチをぎゅっとにぎりしめ、つぶやいた。そうとわかれば話はかんたんだ。ゲームのルールを知った以上《いじょう》、あとはせいぜい楽しませていただくか、このお坊《ぼっ》ちゃまたちと……。

第八章

ランナーたちは、観衆《かんしゅう》の熱狂的《ねっきょうてき》な歓声《かんせい》に包《つつ》まれて、表彰台《ひょうしょうだい》の前をまた通りすぎた。少し行くと、道路沿《ぞ》いにテーブルが出され、その上には冷《つめ》たい水が入ったコップがたくさん置《お》かれていた。

コルヌビックはそのひとつをつかみ、口もとに運んだ。のどがかわいて死にそうだったんだ。でも、水を飲もうと思ったその瞬間《しゅんかん》、「おっと、失礼《しつれい》……」とコルヌビックの腕《うで》に強くぶつかってきたランナーがいた。コップは飛《と》んでいき、水はあとかたもなく消えた。回れ右をして別《べつ》のコップを取ろうとしたが、テーブルの上には、水の入ったコップがもうひとつも残《のこ》っていなかった。あ、そういうこと？　もともとランナーの半分の数のコップしか置かれていないんだ。なんなら、水のなかに唐辛子《とうがらし》でも入れておけば？　まったく、いまいましいったらありゃしない。コルヌビックはいらいらしてきた。よりにもよって、そろそろ先頭集団《しゅうだん》に追いつかなければならないってときに、なんてこった！　そのとき、観衆《かんしゅう》の声援《せいえん》のなかから、ひときわかん高い声が聞こえてきた。

「がんばれええ、トルヌビックのだんな、がんばれえええ！」

ブドウ畑で働《はたら》いているあのせんさく好《ず》きの色黒のばあさんだ。そのまわりには、畑の仲間《なかま》が、お出かけ用のいでたちでたくさん集まっている。

「行け行け、コルヌビック！　みんな応援《おうえん》しているぞ！」

それを聞いて、コルヌビックもすっかり元気になった。そうだ、優勝《ゆうしょう》したら、みんなにごちそうしてあげよう！

その後は、普通《ふつう》のレースとあまり変《か》わりないように見えた。ところが、観衆の視線《しせん》がなくなり、川沿《ぞ》いの道に入ったとたん、攻撃《こうげき》開始！　まさに無法地帯《むほうちたい》にさま変わりした。でも、コルヌビックは、今度はじゅうぶんに心得《こころえ》ていたんだ。川岸からできるだけ離《はな》れて走りながら、心に誓《ちか》った。近づいてくるやつがいたら、ぶちのめしてやる！

その計画を実行にうつすチャンスはすぐにやってきた。小がらだが、プロレスラーのようにがっしりとした体つきのランナーが近づいてきて、コルヌビックのパンツを両手でつかもうとしたのだ。川に投げ落とそうとしているにちがいない。コルヌビックは腕《うで》を思い切りのばし、ありっ

たけの力をこめてパンチをお見舞《みま》いした。ボカン！ 顔面に痛烈《つうれつ》な一撃《いちげき》を食《く》らったレスラーは、背中《せなか》からばったりたおれて、動かなくなった。バイバーイ、ゼッケン二十四番！

「ほかのやつらも、来られるものなら来てみろよ！」

コルヌビックはいまのパンチで痛《いた》めた手をさすりさすり、叫《さけ》んだ。

二十四番へのパンチは、見せしめとしての効果《こうか》がばつぐんだったようだ。それからしばらくのあいだ、だれひとりコルヌビックに近寄《ちかよ》ろうとはしなかったからだ。一方、ほかの選手《せんしゅ》は、次々に泥水《どろみず》のなかにダイビングしていった。この集団《しゅうだん》のなかで何人が最後《さいご》の周《しゅう》まで残《のこ》るのだろう？ 残るとしても、いったいどんな状態《じょうたい》で？

水の補給用《ほきゅうよう》テーブルがまた近づいてきた。コルヌビックは先頭集団に追いつくようにピッチを上げた。大正解《だいせいかい》！ というのも、今度のテーブルにはせいぜい二十個《こ》のコップしか置《お》いていない。残り五十人ほどのランナーは、ギラギラ照《て》りつく太陽の下、のどのかわきにハアハアと舌《した》を出して走らなければならないのだ。まさしく、食《く》うか食われるかの戦《たたか》いだ！　ランナーたちはわれ先にとコップを奪《うば》い合う。そのはげしさに、なかに入っている水の半分は群集《ぐんしゅう》のほうにぶちまけられてしまった。でも、早々とテーブルにたどりついたコルヌビックは、ゆっくりと水を飲むことができた。しかも、頭から水をかぶるゆとりさえあった。そのようすを見たランナーが、ねたましげな表情《ひょうじょう》で追いすがってきた。なにかをたくらんでいそうな顔だ。コルヌビックは、そのあごにうしろ向きに一発けりを入れ、この場での〝しかるべきマナー〟というものを教えてやった。

もう脚《あし》にも呼吸《こきゅう》にも不安はない。コルヌビックは元気いっぱいだった。丘《おか》の急な坂道では、試《ため》しにコルヌビック・エンジンの回転数を上げてみた。すると、楽々と十五人も追い抜《ぬ》くことができた。ああ、走るだけでいいならば……。

丘の上に着くと、コルヌビックはまたピエの姿《すがた》をさがした。だが、ピエのか細い声が聞こえてきただけだった。

「がんばって、コルヌビック！」

その声にコルヌビックの胸《むね》はしめつけられた。いとしい気持ちでいっぱいになった。ああ、ピエ！　ただきみのために、優勝《ゆうしょう》するからね！

今回も川のほとりでは死闘《しとう》がくりひろげられていた。もはやレースどころではなく、あっちでもこっちでもパンチやけりが、雨あられと降《ふ》っている。それでもコルヌビックはなんとかうまく切り抜《ぬ》けた。いまや、ほかのランナーたちに一目置《いちもくお》かれ、あのゼッケン七十七番でさえ、近寄《ちかよ》ろうとはしなかったからだ。先ほど、コルヌビックが二十四番の顔を〝かわいがってあげた〟ように、だれもがおじけづいていた。だが、それと同時に、だれもがコルヌビックをいぶかしげな目で見はじめていた。コルヌビックは少し不安になった。やつらは、三周《しゅう》めにまだ残《のこ》っている、こののっぽのヤギを「いったい何者なんだ？」と思っているにちがいない。三周《しゅう》め？　いや四周めだったかな？　とつぜん、コルヌビックは自信《じしん》がなくなった。なんてことだ！　何周めかちゃんと数えていなかった！

「おい、いま、何周めだ？」

「三周めさ」一度のタックルでふたりのランナーをかんたんに川に突《つ》き落としたばかりの力持ち、ゼッケン四番が答えた。

「四周めだろ」背後《はいご》から同時にふたつの声が聞こえた。

コルヌビックはわざわざ振《ふ》り向こうとはしなかったが、心のなかでこう言った。ありがとよ、まったく頼《たよ》りになるよ。きみたちのような仲間《なかま》と走れて光栄《こうえい》だよ。ところが、幸運にも、スタンド席《せき》の前を通ったとき、めがねのアナウンス係がメガホンでこうがなりたてた。

「あと二周です。くりかえします。あと二周です」

コルヌビックはコップになみなみと注がれた冷《つめ》たい水を飲みながら、あと何人残《のこ》っているのかを数えてみた。信《しん》じられないことが起きていた。あと五人しかいないのだ。たった五人！　ほかのランナーは全員、やっかい払《ばら》いされたか、川でおぼれているというわけだ。残《のこ》ったメンバーは、コルヌビックにひじ鉄を食《く》らわせたのっぽの七十七番。巨体《きょたい》の四番。そして残るふたりは双子《ふたご》にちがいない。というのも、そのふたりは、チンピラ風《ふう》のあやしい雰囲気《ふんいき》といい、つぶれた鼻といい、まぬけ面《づら》といい、どこをとってもそっくりなのだ。それにコルヌビックを入れて、五人だ！となれば、まちがいなく、残りの連中《れんちゅう》が手を組んで、コルヌビックをやっつけようとするだろう。なにしろ、コルヌビックは、ここではよそ者だ。こいつ、大きな角と強烈《きょうれつ》なこぶしを振《ふ》りかざして、いったいなにをしにここに来たんだ？　やつらはきっと、コルヌビックが来年もまたレースに参加《さんか》しようなんて気を起こさないように、川沿《ぞ》いでこてんぱんにやっつけるつもりにちがいない。やつらの思いどおりになるかどうかは、バンジョーの弦《げん》をかき鳴らす以外《いがい》でもっとも得意《とくい》なわざをどれだけ発揮《はっき》できるか、にかかっている。つまり、ただひたすら、走るんだ！　川に着く前に、やつらとのあいだをできるだけあけておくしかない。

コルヌビックはブドウ畑に沿ってピッチを上げた。いまやフルスピードだ。

「コルヌビック！　コルヌビック！」ブドウ畑の仲間《なかま》たちが狂喜《きょうき》しながら叫《さけ》んでいる。

コルヌビックは腕《うで》を大きく振り、ガリガリの脚《あし》を思い切りのばしてがんばった。心臓《しんぞう》がドクンドクンとはげしく鳴った。そのうしろでは、四人のランナーが、汗《あせ》をかきかき、悪態《あくたい》をつきながら、コルヌビックとの距離《きょり》をなんとかちぢめようと一心不乱《いっしんふらん》に走っている。だがちっともちぢまらないぞ！　あいつらは食べすぎで、体が重すぎるんだ！

丘《おか》の斜面《しゃめん》に出ると、コルヌビックはたったひとり先頭を走っていた。走るというより、飛《と》んでいくようないきおいだ。ほかのランナーには、コルヌビックの姿《すがた》すらもはや見えないだろう。ピエ、見てるか？　こんなにがんばっているのは、きみのためなんだ！　金貨《きんか》のためだけじゃない。きみにぼくのことを、誇《ほこ》らしく思ってもらうためなんだ！

丘の反対側《がわ》の斜面を駆《か》け下りると、またしても川に出た。無法地帯《むほうちたい》の道ももう少しで終わりというところで、とつぜん、コルヌビックはスピードをゆるめなければならなくなった。なんと例《れい》の草の道を、ゼッケン二十四番がふさいで、コルヌビックを待ちかまえていたのだ。二十四番は、鼻をトマトのように真っ赤にしてじっと立っている。ほう？　まだあきらめてないのか？　観衆《かんしゅう》の目を逃《のが》れて、ここでかたをつけようってわけだな。話してわかる連中《れんちゅう》じゃないことぐらいとっくに知っているさ。よし！　コルヌビックはいきなり頭を下げ、まっしぐらに突撃《とつげき》した。二十四番は油断《ゆだん》していた。相手がそんなふうに来るとは思ってもみなかったからだ。コルヌビックの五十五キロの体が弾丸《だんがん》のようにお腹《なか》に突《つ》き刺《さ》さる。二十四番は、思わずうなり声を上げた。

「ううううう……」

その声に、コルヌビックの良心がチクリと痛《いた》んだ。だが、そんなことを言っている場合じゃない。とにかく仕事を終わらせることが先決《せんけつ》だ！　コルヌビックが振《ふ》り返ると、ライバルたちが間《ま》近《ちか》にせまっているのが見えた。ハアハアと息づかいが聞こえる。いちばん速いのはゼッケン四番の巨漢《きょかん》だった。コルヌビックは、不意をついて四番をつかまえ、川のなかに投げ飛《と》ばした。ドボーン！　お次は、双子《ふたご》のランナーがひとかたまりになってやってきた。ちょうどいいや！　コルヌビックはふたりをたてつづけにやっつけた。最後《さいご》にコルヌビックのかわいいかわいい〝お気に入り〟、ゼッケン七十七番がやってきた。コルヌビックは二十メートルも助走をつけ、〝お気に入り〟に向かって突進《とっしん》した。のっぽのそのトンチキ野郎《やろう》は、サイの群《む》れに襲《おそ》いかかられたような気がした。一瞬《いっしゅん》、優雅《ゆうが》に空を飛んだかと思うと、川のなかで仲間たちと再会《さいかい》したんだ。

コルヌビックはたったひとりで走っていた。なんだか夢《ゆめ》を見ているような気分で、ぼうっとしていた。それでも、拍手《はくしゅ》かっさいしている人々のあいだを、ローマ皇帝《こうてい》のように堂々《どうどう》と走りぬけた。もはや、コルヌビックの勝利《しょうり》をじゃまするものはなにもない。金貨《きんか》の袋《ふくろ》を手に入れたも同然《どうぜん》だ！　こら、ピエ、さわっちゃだめだぞ！　今夜、ぼくがこの手で袋を開けて、見せてあげるからね。そうだ。あの感じのいいレストランに行って、好《す》きなものを注文するといい。値段《ねだん》は気にしなくていいぞ、なにせ、今夜はぼくのおごりだからな……。

コルヌビックは楽々と走っていた。

「最後《さいご》の一周《しゅう》です。くりかえします……」

ところが、表彰台《ひょうしょうだい》の前を通りすぎたときだった。コルヌビックの目に〝やつら〟の姿《すがた》が飛《と》びこんできたんだ。そのとき、コルヌビックの瞳《ひとみ》には、何百人もいる観衆《かんしゅう》のなかで〝やつら〟しか映《うつ》っていなかった。やつらは、コルヌビックがもうすぐ取りに行くことになる金貨《きんか》の袋《ふくろ》の近くに立っている。まちがいない、ムナジロテンだ！　黄色い目がまっすぐにコルヌビックに向けられている。その表情《ひょうじょう》は、コルヌビックに笑《わら》いかけ、次の約束《やくそく》をとりつけているみたいに見えた。

「わたしたちはあんたを待ってるからね、この最後の一周をせいぜい楽しんでおいで。おそらく、あんたにとって本当に人生最後の一周になるだろうからね……」

ブドウ畑の横を走っているコルヌビックの脚《あし》がふらふらしてきた。

「トルヌビックのだんな、ばんざい！」

観衆の声が遠くに聞こえる。コルヌビックの全身から力が抜《ぬ》けてきた。でも、走りつづけた。そうするしかないんだ。

丘《おか》の斜面《しゃめん》にさしかかると、観衆もまばらになってきた。丘のてっぺんにはもうだれもいなかった。木々にもだれもいない。子どもたちはみんな優勝《ゆうしょう》の瞬間《しゅんかん》を見るために、ゴールに移動《いどう》していた。コルヌビックは呼《よ》んだ。

「ピエ！　ピエ！　どこにいるんだ？」

「ここだよ！　ぼく、動いてないよ！」

「その枝《えだ》から降《お》りてこい！　いますぐ！　急げ！　ここから逃《に》げるんだ！」

「え？　せっかく優勝《ゆうしょう》するところなのに……。金貨《きんか》の袋《ふくろ》を取りに行かなくちゃ！」

「とにかく、逃げるんだ。金貨の袋なんかどうでもいい！　あいつら完全《かんぜん》にイカレてるからな」

ピエは、くやしそうに地面に降りてきた。

「でも、だったらだれが優勝するのさ？　もうコルヌビックしか残《のこ》ってないのに」

いや、本当はもうひとり残っていたんだ。丘《おか》のもっとも急な斜面《しゃめん》を、もうひとりの生き残りが小またでちょこちょこ走っていた。それを見たコルヌビックは大声で笑《わら》いだした。ゼッケン三十番じゃないか！　レースの前に親切にしてくれたあの三十番だ！　あいかわらず頭にバンダナを巻《ま》いている。三十番は息を切らしながら立ち止まった。

「ああ、あなたでしたか！　今年はなかなかうまく行っていると思いませんか？　最初《さいしょ》からぼくはみんなより二百メートルも遅《おく》れて走ったんですよ。そのおかげで川でパンチを食《く》らうこともなければ、乱闘《らんとう》に巻きこまれることもありませんでした。最後を走るのっていいですよ、そうでしょ？」

コルヌビックは三十番に笑いかけた。

「たしかに。最終ランナーでも、とにかく完走《かんそう》することですよ。そうすればゴールでびっくりすることが待ってますよ。ほら、がんばって！」

コルヌビックは、その男が坂を小走りに下っていくのを見送ると、やぶのなかにかくした服をさがしに行った。服もバンジョーも無事《ぶじ》だった。コルヌビックは競走《きょうそう》用パンツをぬぎ、ゼッケンをはずし、その両方を低《ひく》い枝《えだ》に目立つようにひっかけた。

「ゼッケン二十七番のランナーの置《お》きみやげだ！　行くぞ、ピエ。ポケットのなかにおいで。でも質問《しつもん》はするな。いま、話してる暇《ひま》はないんだから！」

コルヌビックとピエは、林をまっすぐに駆《か》け抜《ぬ》け、そのまま姿《すがた》を消した。

郵便はがき

料金受取人払

神田局承認

716

差出有効期間
平成20年1月
17日まで

101-8791

525

東京都 千代田区 神田多町 2-2

早川書房

〈ハリネズミの本箱〉編集部行

★切手をはらずに、そのままポストに入れてください。

お名前	(男・女　　歳《さい》)
ご住所(〒　　－　　)	
学校名・学年 またはご職《しょく》業《ぎょう》	

これから出る新しい本の原稿《げんこう》を読んで、感想《かんそう》を書いてくれる人を募集《ぼしゅう》しています。やってみたいという人は、□に印《しるし》をつけてください。→ □

愛読者カード

あなたが感じたことを教えてください。
いくつ丸をつけてもかまいません。
むずかしかったら、おうちの人と相談《そうだん》しながら書いてもけっこうです。

このはがきが入っていた本の題名

どこでこの本のことを知りましたか?

①本屋さんで見た　②新聞・雑誌《ざっし》などで紹介《しょうかい》されていた
③広告《こうこく》を見た　④友だちや先生から聞いた
⑤おうちの人が買ってきてくれた
⑥その他（　　　　　　　　　　　　）

どうしてこの本を読んでみようと思ったのですか?

①表紙やさし絵がきれいだったから　②題名《だいめい》がよかったから
③あらすじがおもしろそうだったから
④〈ハリネズミの本箱《ほんばこ》〉のほかの本を読んだことがあるから
⑤同じ作家《さっか》が書いた本を読んだことがあるから
⑥ほかの人にすすめられたから（だれに？　　　　　　　　　　）
⑦その他（　　　　　　　　　　　　）

この本を読んで、どうでしたか?

内容　①おもしろかった　②ふつう　③つまらなかった
表紙・さし絵　①よかった　②ふつう　③よくなかった

感想を何でも書いてください。

これからどんな本を読んでみたいと思いますか?

①ミステリ　②SF　③ファンタジイ　④冒険《ぼうけん》
⑤ユーモア　⑥こわい話　⑦感動的《かんどうてき》な話　⑧伝説《でんせつ》・神話《しんわ》
⑨その他（　　　　　　　　　　　　）

ご協力《きょうりょく》どうもありがとうございました。
あなたの意見をもとに、これからも楽しい本を作っていきます。

第九章

一週間たっても、コルヌビックの怒《いか》りはしずまらなかった。しかめっ面《つら》をし、ポケットのなかでこぶしをにぎったまま、大またですたすた歩きつづけた。ピエに話しかけることもなければ、笑《わら》いかけることもなかった。道になにか落ちていれば足でけちらし、地面につばを吐《は》くことさえあった。

ピエには、なぜ金貨《きんか》をあきらめてまでまた旅に出たのか、まったくわからなかった。だがコルヌビックの気性《きしょう》をよく知っているので、からまれないように気をつけていた。それでもある夜、満天《まんてん》の星の下、たき火に当たりながら、ピエはおずおずと声をかけてみた。

「『ゲット・アロング、リトル・ドギーズ？（子牛ちゃんたち、うまくやってるかい？）』を歌ってよ。あの曲大好《だいす》きなんだ」

「好《す》きなら、ひとりで勝手に歌えよ！」
その剣幕《けんまく》に、ピエは毛布《もうふ》のなかに入りこむと、それ以上《いじょう》なにも言わなかった。やがて、コルヌビックも横になった。ふたりはたがいに背《せ》を向けて眠《ねむ》りについた。いまにも消えそうなたき火がパチパチ言っている。その音と、すぐそばの林のなかからフクロウのホウホウという鳴き声が聞こえてくる以外には、なんの音もしない。ふたりは「おやすみなさい」も言わなかった。何年もいっしょに歩いてきたふたりにとって、こんなに険悪《けんあく》な空気は初めてのことだった。

次の日も、昼のあいだ、ふたりはもくもくと歩きつづけていた。ピエはコルヌビックのポケットのなかでまったく動かなかった。「オシッコをしたいからちょっと止まってくれない？」と声をかけることとさえ、はばかられたのだ。それでも、夕方になると、なにも言わないで、おそるおそるコルヌビックの肩《かた》に乗ってみた。

すると地平線のあたりに、一面トウモロコシ畑の村が見えた。その村に近づくにつれ、大声や笑《わら》い声が聞こえてきた。まるで村じゅうの人が広場に集まっているようだ。子どもを肩《かた》ぐるましている赤ら顔の男たちや、赤ちゃんを抱《だ》っこしている女たちが、広場の中央に設置《せっち》されたステージを取り囲《かこ》んでいる。

「なにしてるんですか？」ゆうべからまったく口を開いていなかったコルヌビックが質問《しつもん》した。
「悪口コンテストですよ」ごてごてと飾《かざ》りのついたブラウスを着こんだ、太った女性《じょせい》が答えた。

「悪口コンテスト？」

「そうですよ。そろそろ始まるから、見てればおわかりになるわ」

するとステージの上に若《わか》い男が緊張《きんちょう》したようすで登場した。

司会者《しかいしゃ》が言った。

「コンテストのルールはおわかりですね。みんなの前で、できるだけ、だれかをののしる言葉を言いまくってください。審査員《しんさいん》によって選《えら》ばれた優勝者《ゆうしょうしゃ》には、豪華《ごうか》な賞品《しょうひん》がありますよ。同じ言葉をくりかえしてはいけません。自分で考えた、オリジナルの悪口を言ってくださいね。一番の方、お名前は？」

「サムです……」

「では、サム、がんばって。どうぞ！」

その若者は、咳《せき》ばらいをひとつしてから、自信《じしん》のなさそうな声で始めた。

「バカ！　あほ！　ドジ！　まぬけ！　おたんこなす！　うう、それから……」

それ以上《いじょう》は言葉が出てこない。若者はがっくりした。それでも観衆《かんしゅう》は、しぶしぶ拍手《はくしゅ》をした。

二番手は、お腹《なか》の出っぱった、あまり品のよろしくない男だった。

「ケタクソ悪いウスノロ野郎《やろう》！　クソったれのコンチクショウ！」

こちらは大うけだった！　みんな、腹《はら》の底《そこ》から笑《わら》っている。ピエもまた、その男が悪態《あくたい》をならべたてているあいだ、コルヌビックの肩《かた》の上でクックックックッと笑《わら》っていた。

「そんなにおもしろいか、ああん？　こんなのが好《す》きなのか？」

さすがのピエも、コルヌビックのその言いかたに頭に来た。

「好きじゃ悪い？　ぼくは、みんなの笑い声が好きなんだよ！　みんなが機嫌《きげん》がいいのがね！」

「こんなの、ありきたりで下品《げひん》なだけじゃないか。まったく、想像力《そうぞう》にとぼしいというか……」

「あ、そう？　じゃ、きみはもっとましなことが言えるっていうんだね？」

コルヌビックは、いかにもばかにしたように答えた。

「じゃあ、あいつらよりうまくできたらどうしてくれるんだ？　ああん？」

すると、その会話を先ほどの太った女性《じょせい》が聞いていた。

「コンテストに参加《さんか》なさりたいなら、ステージの下で申しこめば、すぐに出られますよ」

「出るわけないじゃないですか。口だけですよ」ピエが挑発《ちょうはつ》した。

そこまで言われたんじゃ、コルヌビックも引き下がるわけにはいかない。コルヌビックはピエを両手でつかむとその女性の胸《むね》に押《お》しつけて、こう言った。

「こいつを見ててもらえませんか？　終わったらすぐ引き取りにきますから」

「いいですよ。まあ、なんてかわいらしいんでしょう！」

「ええ、まあ……。で、優勝《ゆうしょう》したら賞品《しょうひん》はなにをもらえるんです？　金貨《きんか》一袋《ふくろ》？」

「いえいえ、とんでもない！　今晩《こんばん》、ホテルでおいしい食事をいただけるだけですよ」

「それはいい」

ステージの上に次々と出場者があらわれた。何人かは、乱暴《らんぼう》な兵隊《へいたい》でさえ顔を赤らめるようなおぞましい言葉を次々に叫《さけ》んだ。口ごもることなく、同じ言葉をくりかえすこともなく、三分以上《いじょう》もすばらしいののしり言葉を連発《れんぱつ》する者もいた。会場は拍手《はくしゅ》かっさいのうずだった。だから、コルヌビックがステージに上がったときには、村人はもうすでに、ありとあらゆる悪口を聞きつくしたような気がしていた。いったいほかにどんな言葉が残《のこ》っているんだろう？　コルヌビックは観客《かんきゃく》を見わたすと、おもむろに落ち着いた声で始めた。

「アホづら下げたアンポンタン！　犬も食《く》わない意気地《いくじ》なし！　イカレポンチの石頭！　いけしゃあしゃあとイカサマ野郎《やろう》！　うつつをぬかすうぬぼれ屋！　うそ八百のうすらとんかち！　おいぼれ顔したオカチメンコ！」

ここで、コルヌビックは最初《さいしょ》の休憩《きゅうけい》を取らなければならなかった。というのも、みんなの笑《わら》い声でコルヌビックの声が聞こえなくなってしまったんだ。すると、コルヌビックは人さし指をみんなのほうに突《つ》き出して、少し声のトーンを上げた。

「おかどちがいのオタンチン！　おべっかつかいのおっちょこちょい！　おまえの母ちゃんデベソ!!」

太った女性《じょせい》は、笑《わら》いすぎてヒイヒイ言い、ピエを胸《むね》に押《お》しつぶしそうになっている。

「あなたのお仲間《なかま》は、ほんとに個性的《こせいてき》なお祈《いの》りをするのね」

〝お仲間〟が唱《とな》えているのはお祈《いの》りというより、一種《いっしゅ》の儀式《ぎしき》のようなもんだ！

コルヌビックは呼吸《こきゅう》を整えた。まだまだ終わりそうにない！　観客《かんきゃく》はすでにうっとりと聞き入《い》っている。そうやって、かれこれ十分以上《いじょう》もコルヌビックはののしり言葉を吐《は》きつづけている。とっくに記録《きろく》はやぶられていたが、それでもコルヌビックは続《つづ》けた。

「口がへらない食《く》わせもの！　けんもほろろのけちん坊《ぼう》！　コンコンチキのごくつぶし！　こしゃくにさわる腰《こし》ぬけ野郎《やろう》！　しっちゃかめっちゃかしみったれ！　スッテンテンのすっとこどっこい！」

コルヌビックの首に血管《けっかん》が浮《う》き出てきた。こぶしを振《ふ》り上げ、爆笑《ばくしょう》のうずに包《つつ》まれて、しだいに興奮《こうふん》してきた。まだあるのかい？　まだまだ……

「ちゃらんぽらんなチンチクリン！　つっけんどんのつらよごし！　できそこないのでくの坊《ぼう》！　とっちりとんまのトウヘンボク！　なしのつぶてのならず者！　のらりくらりのノウタリン！　バカとハサミは使いよう!!」

ここで、司会者《しかいしゃ》が割《わ》りこんできた。コルヌビックを止めようとしたんだ。

「はいはい、もういいですよ、あなたが優勝《ゆうしょう》ですから……」

「ハナタレ小僧《こぞう》のばち当たり！　ふてぶてしいぞ古ダヌキ！　傍若無人《ぼうじゃくぶじん》なボンクラ野郎《やろう》！　身のほど知らずのみえっぱり！」

人々は、もうがまんできなくなっていた。ヒックヒックとあえぎながら、涙《なみだ》をぬぐい、胸《むね》とお腹《なか》をおさえている。もうやめて！　お願《ねが》い！　これ以上笑《いじょうわら》ったら死んじゃうわ！

コンテストの終わりを告《つ》げるファンファーレが鳴った。どっちみち、コルヌビックのあとに出場しようなどという、ツワモノがいるはずがない。コルヌビックはステージから降《お》りるミュージシャンたちのほうを振《ふ》り返ると、またまたののしり言葉を爆発《ばくはつ》させた。

「虫がすかない無駄《むだ》めし食《く》い！　虫酸《むしず》が走るぜふぬけ野郎！　もったいつけてるもうろくジジイ！　焼《や》きがまわった疫病神《やくびょうがみ》！」

三人の屈強《くっきょう》な男たちがコルヌビックを肩《かた》にかついでホテルまで運んでいった。コルヌビックを会場から追い出すため？　それとも優勝者としてかつぎ上げたのか？　その両方だったにちがいない。村人たちが叫《さけ》んだ。

「ブラボー！　なんてすばらしいんだ！　感動的《かんどうてき》！　バンザーイ！」

そのお返しに、コルヌビックはまたわめきちらした。

「やぶれかぶれの役立たず！　らちが明かないわからずや！　冷血漢《れいけつかん》のロクデナシ！」


夜になるとホテルはてんやわんやだった。百人以上《いじょう》の村人が、勝者コルヌビックを祝福《しゅくふく》するために大ホールにつめかけていた。三台の長いテーブルの上はきれいに飾《かざ》られていた。お料理《りょうり》はといえば、コルヌビックの大好物《だいこうぶつ》のクルミのサラダとジャガイモのオーブン焼《や》きもある。デザートには、りんごと洋ナシと木イチゴのタルトに特製《とくせい》シュークリーム。

コルヌビックは栄光《えいこう》の席《せき》についた。食べること、食べること！　絶《た》え間《ま》なく給仕《きゅうじ》される料理もまたたく間になくなった。飲み物も次々と注がれ、コルヌビックはすっかりビールを飲みすぎた。

ピエは、ふくれっつらをして、コルヌビックの横でアーモンドとハシバミの入ったボウルに顔をつっこんでいた。太った女性《じょせい》が、食事が始まるまでピエの世話を焼いていたんだ。

「ほら、この子をきれいに洗《あら》って、シャンプーもしといてあげましたよ！　まったく、この子ときたら汚《よご》れてたから。でも、ほらこのとおり。なんてかわいいんでしょう！」

そのときのピエは、まるで、ワンワンコンテストに出場するプードル犬だった。毛は細かくカールされ、おめかしして、香水《こうすい》まで振《ふ》りかけられていた。当のピエは、ひどく気を悪くしていた。それを見たコルヌビックは、笑《わら》いすぎて息がつまりそうになるほどだった。それは、競走《きょうそう》用パンツ姿《すがた》に笑いこけたピエへの仕返しでもあったんだ。

食後酒の時間になると、コルヌビックはバンジョーを取り出した。

「軽く一曲、みんな聴《き》くかい？」

だれもが興味《きょうみ》しんしんだった。テーブルを押《お》しやり、歌が始まった。レパートリーの半分を歌いおわったころには、すっかり夜もふけていた。歌いながら、コルヌビックはときどき目を閉《と》じた。ヤギの国にもどって、故郷《こきょう》の村のわらたばの上にいるような気がした。みんなは、体をふるわせながら、まだ笑いきょうじている。

ウィル・ユー・ミス・ミー

ウィル・ユー・ミス・ミー・ウェン・アイム・ゴーン？

ぼくがいなくなったらさびしい？

とつぜん、コルヌビックはこらえきれなくなった。涙《なみだ》がとめどなく流れて、あごひげをぬらす。

プランシュビック、ビックパス、ボルヌビケット、きみたちはいまどこにいるんだ？　ぼくがいなくてさびしいかい？　それともぼくのことなんか忘《わす》れちまった？

会場にいるみんなはあいかわらず陽気でご機嫌《きげん》だった。ピエも、コルヌビックの肩《かた》の上で、だんだんと元気になっていた。水のなかに頭をつっこんで毛のカールを取ってからというもの、気分がよくなったのだ。みんなといっしょに、コルヌビックの歌を聴《き》きながら、手をたたき、指を鳴らした。

祝賀会《しゅくがかい》もついにおひらきになった。コルヌビックとピエのためには二階に部屋《へや》が用意されていた。コルヌビックは服を着たまま大きなベッドに身を投げた。ナイトテーブルの上では、ろうそくの火がゆらめいている。

ピエは眠《ねむ》くなかった。だから、自分のためにコルヌビックのベッドのすぐ脇《わき》に用意されたわらぶとんの上から、そうっと振《ふ》り返って言ってみた。

「ねえ、コルヌビック？」

「うん？」

「いったい、あんなひどい言葉をどこで覚《おぼ》えたの？」

「悪口コンテストのことか？　自分でもわかんないな。〝ある連中《れんちゅう》〟のことを考えたら、ひとりでに言葉が口をついて出てきたんだ」

「ってことは、きみはその〝ある連中《れんちゅう》〟のことをあんまり好《す》きじゃないんだね」

「まったくね」

「もうぼくのこと、怒《おこ》ってない？」

「きみに怒ったことなんかないさ。もう寝《ね》かせてくれよ……」

コルヌビックはろうそくの火を吹《ふ》き消した。でも、しばらくすると、今度はコルヌビックのほうからこう言った。

「ピエ？」

「うん？」

「『ゲット・アロング、リトル・ドギーズ？』を歌ってほしい？」

「うん。でももう声がかすれちゃってるし、それに歌ったらみんなを起こしちゃうよ」

「だいじょうぶさ。小さな声で歌うから」

「じゃ、歌って」

コルヌビックは立ち上がり、床《ゆか》をきしませないようにしながら、手さぐりでバンジョーを取り出した。それからベッドのへりに腰《こし》かけて、歌いはじめた。バンジョーをそうっとかき鳴らし、ささやくように歌った。何度も聴《き》いたことがある曲なのに、今夜はいちだんと美しく聞こえた。

歌が終わると、ピエはその小さな手でコルヌビックの大きな手をにぎりしめた。

「ありがとう」

「どういたしまして。おやすみ、坊《ぼう》や」

「おやすみ、コルヌビック……」

第十章

さて、これからのできごとは、これまでほど楽しいものじゃない。まず、秋が深まり、ピエは目を開けているだけでひと苦労《くろう》だった。今年は、いつもよりいちだんと強い眠気《ねむけ》が襲《おそ》ってくる。ピエはあくびばかりし、目をこすり、耳もだんだん遠くなってきたようだ。いつものように、コルヌビックはわざと陽気にふるまってはいたが、だからといって、悲しみがやわらぐわけじゃなかった。数日後になにが待っているかよくわかっていたからだ。これまでより長くて暗い夜、寒さ、そしてなにより、ひとりぼっちのさびしさ……。

「そうだ、ピエ。ぼくもきみのように冬眠《とうみん》すればいいんだ！　ふたりいっしょに入れる大きな穴《あな》ぐらを見つけて、春になるまでいっしょに眠ろう。ぼくは冬眠するヤギ第一号になるんだ。楽しみだな……」

「へえっ！　コルヌビックのことだから、半日もたたないうちに腹《はら》ぺこで目を覚《さ》ますんじゃないのかなあ……」

「そう言われると、自信《じしん》ないな。でもきみが冬眠《とうみん》すると考えるだけで落ちこむよ。なあ、こないだ食べた、ジャガイモのオーブン焼《や》きを覚《おぼ》えてるか？」

「うん、覚えてるよ。コルヌビックが七回もおかわりするから、恥《は》ずかしいのなんのって！」

「恥ずかしいだって？　まったく、わかってないやつだな。コックというのは、自分がつくったものを最後《さいご》まで残《のこ》さず食べてもらうことがうれしいんだ。それが名誉《めいよ》なんだぞ」

「それに、散《ち》らかさずにきれいに食べてもらうこともでしょ？　それこそが名誉なんじゃないの？」

「わからずや！」

「そっちこそ！」

　ふたりは、けんかの真似《まね》ごとをするのが大好《だいす》きだった。おたがいをほめあうより、よっぽど気晴らしになるからだ。こうして、ふたりが仲良《なかよ》くけんかをしていると、あたり一帯《いったい》に深い霧《きり》が立ちこめてきた。あっという間に、森の木々の輪郭《りんかく》すらぼやけてきた。ふたりは、刈《か》りとられたあとの広いトウモロコシ畑を横断《おうだん》していた。でもすぐにコルヌビックがうんざりしたようすで言ったんだ。

「ピエ、少し休もう。これじゃ、ほとんどなにも見えないよ。つまずいて足をねんざしたくないからな。なにか食べよう」

ふたりは地面にすわりこんだ。食料《しょくりょう》を取り出したものの、手もとすらよく見えないぞ！

「なんてこった！　こんなひどい霧《きり》、見たことがあるか？」とコルヌビック。

「はあ？　あなたどなた？　存《ぞん》じあげませんが。ほう、その長い鼻面《はなづら》と長い毛からすると、ひょっとしてチベットの牛さん？」

「冗談《じょうだん》はよせよ。それに、あごひげをそんなふうにいじくりまわすのもやめてくれ。ぼくは今、手にナイフを持ってるから、あぶないぞ」

ふたりはなにも見えないままに食料を口に入れたが、うまく入らずにこぼしては笑《わら》い合った。食事が終わるころ、霧はいっそう深くなっていた。ふたりはしめった白く濃《こ》い霧のなかをさまよっていた。霧の濃さに声はかきけされ、めまいがするような気さえした。

とつぜんピエが、コルヌビックの肩《かた》からぴょんと降《お》りた。

「どこに行くんだい？」

「ポストに手紙を入れに」

「わかった。でも、遠くに行くなよ」

ピエは、用を足しに行きたいときでも、ぜったいにそうは言わなかった。たいてい「ポストに手紙を入れに」だった。ときには、「ほかの人に頼《たの》めないことをしに行ってくる」と言うこともあった。

コルヌビックは上着のなかに首をすぼめ、ちぢこまって、ひざをかかえた。なんてひどい天気だ！　こんなにゆううつな気分になるのは、静《しず》けさのせい？　それともこの霧《きり》のせいだろうか？　ほら、あっちの方角がヤギの国だ。ぼんやり見えるような気がする。でもそのときコルヌビックの頭に浮《う》かんできたのは、コルヌビケットではなかった。意外にも、別《べつ》の女の子が浮かんできたんだ。その娘《むすめ》は片足《かたあし》をひきずっていた。歩くと、体が左右にゆれ、バランスをくずして今にもたおれてしまいそうだ。変《へん》な歩きかたをするなあと言う者もいたが、そんなことはなかった。反対に、コルヌビックは、そこがかわいらしいと思っていた。その娘の名は、ブランシュビクーヌ。

今になってなぜ、そんなふうに歩くブランシュビクーヌを思い出すんだろう？　ブランシュビクーヌはコルヌビックにやさしく笑《わら》いかけている。いったいどういうことだ？　コルヌビックはぶるっと身ぶるいした。おまえは、なんて鈍感《どんかん》なやつなんだ！　金色の星の瞳《ひとみ》を持った娘にすっかり心うばわれて、なにも気づいていなかったのか！　ブランシュビクーヌはいつだっておまえにやさしく、歌と歌の合間にいつも飲み物をもってきてくれたじゃないか。コルヌビックの頭はブランシュビクーヌでいっぱいになった。広場や公民館《こうみんかん》などいろいろなところにいたブランシュビクーヌを思い出した。ある夏の夜、ブランシュビクーヌがコルヌビックに話しかけてきた、その声も思い出した。

「洋ナシをつみに行かない、コルヌビック？」

だが、コルヌビックはぞんざいにこう答えたのだ。

「また今度ね、ブランシュビクーヌ」

ああ、なんてやつ！　なんて鈍感《どんかん》なんだ！　何年もあの娘《むすめ》はぼくに思いを寄《よ》せてくれていたのに、ぼくはと言えば、ぼくに気のないほかの女の子にうつつをぬかしていたんだ。コルヌビックはため息をつき、自分の頭をひざに打ちつけた。ああ、それなのに、ぼくはいったい、今、どこにいるんだ！　そうと知っていたら、村を出たりはしなかったのに。そうすれば、いずれはコルヌビケットにふられた悲しみも忘《わす》れ、ブランシュビクーヌに対する愛情《あいじょう》がめばえていただろうに。また別《べつ》の種類《しゅるい》の愛情だ。時間とともにはぐくまれ、すべてをなぐさめ、二度と胸《むね》を引き裂《さ》くことのない愛情だ。やがて、ふたりはあたたかい家庭をつくる。ブランシュビクーヌは、子どもたちのためにココアをつくり、コルヌビックはパンにバターをぬるんだ。ああ、それなのに、現実《げんじつ》のコルヌビックは、耳にかみついてきて、一年のうち七カ月間も眠《ねむ》っているちっぽけなヤマネのために、放浪《ほうろう》の旅を続《つづ》けているのだ。コルヌビックは泣《な》きたくなった。

ところで、その変《か》わり者のちっぽけな仲間《なかま》はどこだ？　ああ、そうだ、ちょっとそこまで行ったんだっけ。

「ピエ！　どこにいるんだ？　もう終わったか？」

「……」

「ピエ、返事しろ」

あたりはしいんと静《しず》まりかえっている。コルヌビックは、胃《い》にきりで穴《あな》をあけられたような気がした。

「ピエ！」

コルヌビックは立ち上がり、腕《うで》を前にさしだしたまま歩きだした。きらきらときらめく凍《こお》りついた霧《きり》の粒《つぶ》が、コルヌビックの目や鼻のなかに入りこんでくる。とつぜん、ついさっき、夢想《むそう》にふけっているときに、押《お》し殺《ころ》したような小さな叫《さけ》びが聞こえたような気がしたことを思い出した。それは、ピエが……そう、〝ポストに手紙を出しに〟行こうとして、きばって出した声だとばかり思っていたが、なにか別《べつ》の理由があったのだとしたら？　ちくしょう！　別の理由ってなんだ、コルヌビック？　おまえはなにを考えているんだ？　助けてと叫び声を上げているピエの口に押し当てられる魔《ま》の手？　〝かぎ爪《づめ》を持つやつら〟の手か？　パンとココアの夢想に心うばわれ、助けを呼《よ》ぶ叫び声に、おまえは答えようともしなかったんじゃないか？　コルヌビックは完全《かんぜん》にパニックにおちいった。いや待て。ピエが大きいほうの用を足しているんだったら、時間がかかるにちがいない。それに、もしかしたらピエはコルヌビックをかつぐために、わざとかくれているのかもしれない……。

「ピエ！」

コルヌビックは声をかぎりに叫《さけ》んだ。その自分の声の大きさにさらにうろたえ、トウモロコシの刈《か》り取られた茎《くき》につまずいて、前にたおれこんだ。だが、ふたたび立ち上がった。そして一本の木を見つけると、酔《よ》っ払《ぱら》いのように、そこに寄《よ》りかかった。

「ピエ！　返事してくれよ！」

数分がたった。数時間がたった。コルヌビックは木から木へと、ふらふらと歩きまわった。畑のまんなかに置《お》き去りにしたずだ袋《ぶくろ》を取りにいくことさえままならない。

夜が来て、白い闇《やみ》は黒く変《か》わった。

「ピエ！　どこにいるんだ！」

その夜、コルヌビックは寒さで凍《こお》りついた。毛布《もうふ》もなかった。それは、人生最悪《さいあく》の夜だった。ようやく日が昇《のぼ》ったときには、終わりのない悪夢《あくむ》から抜《ぬ》け出した気がしたほどだ。霧はきのうよりは少し晴れている。コルヌビックは、畑を一時間さまよって、ようやく自分のずだ袋

を見つけた。そして熱《ねっ》に浮《う》かされたように急いでその袋《ふくろ》を開けてみた。暖《だん》をとるためにピエがそのなかにもどってきているかもしれない！　だが、そこにもやはり、ピエの姿はなかった。

「ピエ！」

コルヌビックはあたり一帯《いったい》をさがしまわり、ピエがポストに入れた〝手紙〟の落としものも見つけた。それから、戦《たたか》いの形跡《けいせき》をさがしてみた。だれとの戦いだ？　四匹《ひき》のムナジロテンとの戦いか？　ピエの口を封《ふう》じるには、さるぐつわをかませるだけでよかっただろう。そしてそのまま連《つ》れ去った。ピエは手足をばたつかせることすらできなかったにちがいない。せいぜいが、身を守るために相手の指にかじりつくぐらいだろう。コルヌビックの目に、怒《いか》りの涙《なみだ》があふれてきた。

「ピエ！」

きっとどこかにいるにちがいない。そう思ってまた叫《さけ》んだ。最悪《さいあく》の事態《じたい》になったと認《みと》める瞬間《しゅんかん》を、少しでもあとにしたかったのだ。コルヌビックは、午前中かけて畑と林のまわりをさがしまわった。どうしてもあきらめきれない。

少し先で、農夫《のうふ》がひとり、木の枝《えだ》を熊手《くまで》でかき集めて燃《も》やしていた。いかにも正直《しょうじき》そうな男だ。コルヌビックが近づいていくと、声をかけてくれた。

「こっちへ来なさい。こごえているじゃないか」

そう言われて初めて、コルヌビックは自分がふるえていることに気づいた。そこで、たき火に近づくと、火に手をかざした。農夫《のうふ》は不思議《ふしぎ》そうな顔でコルヌビックをじっと見た。

「おまえさん、なんかさがしものかい？」

「ええ……ひょっとしてこのあたりで〝かぎ爪《づめ》を持つやつら〞を見かけませんでしたか？」

「あの性悪《しょうわる》女たちか？　見なかったなあ……」

パチパチと音を立てながら、凍《こお》りついた空気のなかに火花が飛《と》び散《ち》っている。

「じゃあ……じゃあ、サスペンダーつきのズボンをはいた小さいヤマネは？　見ませんでした？」

農夫は首をふった。

「いや。そいつをなくしたのかい？」

炎《ほのお》のあたたかさがコルヌビックの疲《つか》れきった骨《ほね》にしみわたり、体をあたためてくれた。ゆうべからずっと緊張《きんちょう》していたコルヌビックは、初めてほっとした気分になった。その瞬間《しゅんかん》、コルヌビックの口から自然《しぜん》と言葉が飛び出した。

「ええ、そいつをなくしちまったんです……」

コルヌビックはそう言うとすすり泣《な》きはじめた。気がつくと、首を大きくふって、おんおんと大声で泣いていた。涙《なみだ》が次から次へと頰《ほお》を伝《つた》ったが、コルヌビックはぬぐおうともしなかった。

農夫はどうしていいかわからないようすだった。

「ほらほら、そんなふうに泣《な》きなさんなよ。子どもじゃないんだから！　きっと見つかるよ」

コルヌビックは、グスグスしている鼻をかんで、農夫《のうふ》にお礼を言うと、その場を立ち去った。

それから何日間かは、会う人ごとに「あのう、ひょっとして見かけませんでしたか……？」と質問《しつもん》した。だれもが、あごをなで、目を細めて、思い出そうとしてくれた。だが答えはいつも同じ。

「いや、ぜんぜん……。見た覚《おぼ》えないなあ……」

そのたびにコルヌビックはお礼を言って、出発した。世界じゅうが、「なにも見なかったよ」と言いながら首をふる人々で埋《う》めつくされているみたいだ。

ピエはいない。コルヌビックは、歩きつづけた。肩《かた》の上がスースーする。上着の右ポケットに手をつっこんでみても、なにもない。そうか、秋だったらあたりまえだ。だって、ピエはコルヌビックのシャツのなか、ちょうどお腹《なか》のあたりで布《ぬの》にくるまれているんだから……。でもお腹はぺちゃんこ、包《つつ》みも空《から》っぽだった。ピエはいないんだ。

まったく、こんなまぬけなやつ、ほかにいるだろうか？　おまえはあのあわれなマルジーに「チビをあずかるよ」なんて合図するかわりに、こう言うべきだったんだ。「ごめん、とても無《む》理《り》だよ。だってぼくは、わらたばの上に立って調子っぱずれな歌を歌うしか能《のう》のない、情《なさ》けないヤギだからね。そんなのあずかってもすぐになくしちまうさ！　とっとと〝かぎ爪《づめ》を持つやつら〟に渡《わた》したほうがいい！」マルジーにそう言うべきだったのさ。それなのに、おまえは英雄《えいゆう》気取りで、空《から》いばり。そんな力もないくせに、そんな器《うつわ》じゃないくせに……。

コルヌビックは自分の頰《ほお》を平手打ちした。自分で自分がいやになった……。

わずかななぐさめといったら、あと数日すればピエが冬眠《とうみん》するということだ。ムナジロテンたちだってどうすることもできないだろう。だんだんと落ちてきて、最後《さいご》にはぴったりと閉《と》じてしまうまぶたを前にしては、なにをしたってむだなのだ。ピエはこう言うだろう。「おやすみなさい、みなさん。気長に待っててくれるなら、また春に会おうね」

第十一章

その冬はいつもよりずっときびしかった！　気温はどんどん下がり、どうしたって気持ちがふさぎこむ。コルヌビックは、ついに故郷《こきょう》に帰ることを決意した。そうとなれば、さっさと帰ろう！　もうこれぐらいでいいだろう！　お遊びは終わりだ！

やれるだけのことはやったのだ。コルヌビックがいなければ、ピエはおくるみの靴下《くつした》から鼻面《はなづら》を突《つ》きだすやいなや、ムナジロテンのやつらに襲《おそ》いかかられていたにちがいない。コルヌビックはピエを引きとり、四年ものあいだ寒さと空腹《くうふく》と恐怖《きょうふ》から守り、秋と冬には自分のお腹《なか》にずっと抱《だ》っこしていたのだ。それ以上《いじょう》なにができるというんだ？　そもそも、あの〝かぎ爪《づめ》を持つやつら〟はピエを食べてしまうというわけじゃないだろう。反対に、ピエを王様みたいにあつかうかもしれないじゃないか。ピエをやさしくなでて、かわいい恋人《こいびと》を連《つ》れてきてくれる。そして、ふたりが丸々と太った赤ちゃんをたくさんつくることができるように、こまごまと世話をしてくれるのだろう。

　コルヌビックだって、同じことをしてほしいぐらいだ！　キャベツスープをたらふく食べさせ、ブランシュビクーヌをお盆《ぼん》にのせて持ってきてくれ！　そうすりゃ、いやだなんてぜったいに言わない。ああ、ブランシュビクーヌ……。コルヌビックは、あいかわらずブランシュビクーヌのことを思い出しては胸《むね》がキュンとしていた。とにかく、できるだけ早くふるさとに帰ろう。まるでなにもなかったかのように、自分の家で昔と同じ生活にもどるんだ。今までなにをしてたの？ってきかれたら、あちこち旅してみたかったんだって答えよう！

　そんなうそ、何度も何度も言っているうちに、やがて自分自身もそんな気になるだろう。コルヌビックは、首をすくめたまま、十日間ひたすら歩きつづけた。ときおり、耳もとでピエの声が聞こえるような気がした。

「どうしてぼくを守ってくれなかったの？　すぐ近くにいたのに……。きみを呼《よ》んだのに……」

　その声が聞こえてくると、コルヌビックはいてもたってもいられずに、駆《か》けだした。小川を越《こ》え、雑木林《ぞうきばやし》のなかをころびながら走り抜《ぬ》けた。そして、いよいよ力つきて脚《あし》が動かなくなると、立ち止まった。ところかまわず眠《ねむ》り、くぼみがあれば、そこに入りこんで数時間休んで疲《つか》れをいやした。やがて目を覚《さ》ますと、昼であっても夜であっても、また歩きだした。広い平原を、頭を真っ白にしたまま進んでいった。

ある日、コルヌビックは、農家でパンをめぐんでもらった。なにかの手伝《てつだ》いをするでもなく、一曲演奏《えんそう》するわけでもなく、なにもせずにこんなふうに食べ物をもらうのは、ふるさとの村を出てから初めてのことだった。コルヌビックは、早口でモゴモゴ言った。

「かたいパンのはし切れでもあったら、めぐんでもらえませんか？」

農家のおかみさんは、コルヌビックを頭からつまさきまでじろじろとながめまわした。コルヌビックは真っ赤になった。ズボンはひざ小僧《こぞう》がやぶれ、布切《ぬのき》れがすねのところにだらりとぶら下がっている。その上なんといっても、ここのところコルヌビックはまったく体を洗《あら》っていなかったのだ！　頬《ほお》もげっそりとくぼんでいる。もう少しで、見るもおぞましい姿《すがた》になりそうだ。夜になり、パンをちびちびとかじりながら、コルヌビックは、たき火でキノコオムレツをつくったときのことを思い出していた。今の自分には、あのときの誇《ほこ》りなどかけらもないじゃないか！

レムに出会ったのは、そんな悲惨《ひさん》なときだった。わかってる、わかってるさ、旅の道づれとはもっとドラマチックに出会うものだってことぐらい。でも成り行きってこともあるだろ？　砂漠《さばく》でのどがかわいて死にそうなときに、冷《つめ》たい水の入った水筒《すいとう》をさしだしてもらったら、「レモンの輪切《わぎ》りも入れてくれよ」なんてわがままは言えないだろ？　とにかく、コルヌビックはレムに出会ったんだ、こんな具合《ぐあい》に。

ある日の午後。それはそれは寒い日だった。コルヌビックは、はてしないまっすぐな道を、足をひきずりながらとぼとぼと歩いていた。左足のくるぶしがはれて、とても痛《いた》んだ。しょっちゅう足を止めて休まなければならないほどだった。土手の上にすわりこんで、くるぶしをマッサージしていたときだ。遠くからガチャンガチャンとけたたましい音が聞こえてきたんだ。向こうから近づいてくる者がいる。荷車を引っぱっているようだ。その音から想像《そうぞう》すると、ありとあらゆる鐘《かね》や鈴《すず》をぶら下げているにちがいない！　コルヌビックは、うしろをだれかがついてくると思うとあまりゆかいではなかった。だから立ち止まり追いこしてもらうことにしたんだ。それで、いやでも、その音を出している張本人《ちょうほんにん》の顔を見るはめになった。思ったとおり、とんでもないやつだった。

コルヌビックぐらい背《せ》が高く、自転車みたいに骨《ほね》ばかりの、年とったオンドリだったんだ。つぎの当たった服はコルヌビックの服に負けずおとらずボロボロで、そのトサカはさびしげに、横にだらんとたれ下がり、赤《あか》ら顔《がお》から察《さっ》するに、かなりの〝のんべえ〟のようだった。ニワトリはコルヌビックのところまで来ると、陽気に声をかけてきた。

「だんな、お困《こま》りごとでも？」

荷台の車輪《しゃりん》の上には木でできた看板《かんばん》がかかげられ、そこには、まるで左手で書いたかのような字が書きなぐられていた。

ドクター・レム
どんな病気も治《なお》せます（医師免許取得《いしめんきょしゅとく》）

やかましい音を立てていたのは鈴《すず》ではなく、荷車にのせられた何十個《こ》もの小びんが、ガチャガチャとぶつかり合っていたのだ。いろんな大きさ、いろんな色、いろんな形のびんがところせましと置《お》かれている。

「よかったら、ご相談《そうだん》に乗りましょうか？」

「いや、別《べつ》にいいですよ」コルヌビックはことわった。

「ほんとに？　まあ、お聞きなさい。だれもが、いつだって、問題をかかえているもんじゃよ。たとえ気づいてなくても。いや、むしろなにも感じていないときこそ問題があるものなのじゃ！　いいかね、胃炎《いえん》に歯痛《はいた》、肝臓《かんぞう》の機能低下《きのうていか》、お腹《なか》の張《は》り、そんな症　状《しょうじょう》はないかね？　舌《した》のざらざら、口内炎《こうないえん》、頭痛《ずつう》、胸骨《きょうこつ》のずれ、内臓の肥大《ひだい》、便秘《べんぴ》……心あたりの症状があったら、遠慮《えんりょ》なく『ストップ』と言ってくだされ。ほかにもいろんな変《か》わった病気がありますよ。結膜炎《けつまくえん》ならぬ尻《ケツ》膜炎《まくえん》、走りすぎによる水虫、左のくるぶしの痛《いた》み……」

「あ、ちょっと……」笑《わら》いだしそうになりながら、コルヌビックが口をはさんだ。「今なんて言いました？」

「左のくるぶしの痛み……じゃが」

「そうそう、それですよ、まさしくその症《しょう》状《じょう》なんです。どうしてわかったんです？」

「どうしてわかったかって？」大きなニワトリは、心外だという口ぶりで続《つづ》けた。「看板《かんばん》のカッコのなかをお読みいただいてないのかね？　もっとも、けんそんして、とてもちっちゃな字で書いてあるがな。つまり、おまえさんは左のくるぶしが痛いと、こういうわけじゃな。よろしい。薬をさしあげよう。ああ、いかんいかん。とんでもないまちがいをするところだった。これは右のくるぶし専用《せんよう》の薬じゃった！　左のくるぶし、左のくるぶし……と。これだ！　この奇跡《きせき》の薬を数滴《てき》、毎食前に飲むんじゃよ。カプセルにしてあげよう。きょうから三日間薬を飲みつづければ、すっかりよくなって若《わか》いウサギのようにはねまわることができるじゃろう。『レム先生、ありがとう！　レム先生、バンザイ！』って叫《さけ》びながらな！」

コルヌビックは大笑いした。ここ二週間、笑うことなんかまったくなかった。笑うってなんて気持ちがいいんだ！　あまりに気持ちよくて涙《なみだ》が出そうなほどだった。

コルヌビックとレムはいっしょに歩きだした。コルヌビックが、レムのでたらめの口上《こうじょう》にストップをかけたときから、ふたりは仲間《なかま》になったんだ。レムは、ときどき薄汚《うすよご》れた上着から小さな平べったいびんを取り出すと、一杯《いっぱい》やっていた。コルヌビックは、一度だけそのびんに鼻を近づけてみた。まるで火のように強い酒だった。コルヌビックの顔は真っ赤になり、咳《せ》きこみ、つばを吐《は》き、胸《むね》をたたいた。そのようすにレムは大笑《おおわら》い。

「お坊《ぼっ》ちゃんにはちゃんと知らせておくべきだったようじゃな。それは大人の飲み物だってことを」

レムは荷車の奥《おく》に、その飲み物が入った小さな樽《たる》をひとつかくしていた。

その晩《ばん》、レムは、コルヌビックに食事を分けてあげようと言いだした。

「よかったら、きのうもらったクルミケーキの残《のこ》りがあるのじゃ。今は、まさしく木の実の季節《きせつ》じゃろ。だからこいつを数切れあったためようじゃないか。コーヒーもあるぞ。おまえさんは少し休んでおれ。わしが用意するから！」

コルヌビックはレムの言うとおりにした。レムが食事のしたくをしているあいだ、小川で体を洗《あら》った。いまや、連《つ》れがいるのだ。アナグマのようなにおいをまき散《ち》らしているわけにはいかないじゃないか。明日天気がよければ、服も全部洗濯《せんたく》しよう。ホームレスのような姿《すがた》はいいかげんやめだ！

やがて食事も終わり、ふたりはたき火の近くでコーヒーをすすった。お腹《なか》はいっぱい。

「しまった！」コルヌビックがあくびをしながら言った。「薬を飲むのをすっかり忘《わす》れてた！」

すると、レムが巻《ま》きタバコ用の紙をなめながら、言った。

「だいじょうぶじゃ。明日二錠《じょう》飲めば、つじつまが合う……」

長い沈黙《ちんもく》のあと、コルヌビックが、思い切ってこう切り出した。

「ところで、あんたは、なんで旅に出たのさ？」

レムは長いため息をつくと、口をつぐんでしまった。

「あ、ごめん。ぶしつけな質問《しつもん》だったな」

「いや、いいんだ。なぜ旅に出たか、よろこんで話してやりたいところなんじゃが、ただ……」

「ただ？」

「ただ、まったく覚《おぼ》えてないんじゃ。覚えてない。そうなんじゃ。数年前からどうしようもない。なんとか思い出すきっかけを見つけようとはしているのだが……。旅に出る理由はたしかにあったはず。だがどんな理由じゃ？　それに、帰りたくても帰れない。だってどこに住んでいたのか思い出せないんだから！　自分の名がレムだってことのほかは、なにも覚えてない。名前はタバコ入れに書いてあるからな。だが、そのほかは、なあんにも、思い出せない。ほれ、あの〝キンベン症《しょう》〟とかって言うやつじゃ」

「健忘症《ケンボウ》でしょ？」コルヌビックが言った。

「そうじゃ、その〝キンボウ症〟じゃ。わしの頭はまさにザルじゃな。さっさと消えてしまう記《き》憶《おく》もあれば、たまたま残《のこ》っている記憶もある。どれが残るかはさっぱりわからん」

「いやはや！　となると、明日目が覚《さ》めたら、あんたはぼくのことを忘《わす》れてて『おまえさんはだれじゃ？』なんてきくかもしれないってわけ？」

「かもしれん。起きてみないとわからんがね……」

「それじゃあ、そんなにたくさんの薬についてはどうやって覚《おぼ》えてるのさ？　ごちゃまぜにならないの？」

「それはまったく心配ない！　どのびんも、中身はまったく同じ薬だからな。水に、甘味《あまみ》をつけるためにハチミツを少々、それに、元気をつけるためにわしの強い安酒を一滴《てき》たらしてある」

「ええっ？　それじゃまるでサギ師《し》じゃないか……」

「サギ師？　なんてこと言うのじゃ。コルヌビックさん、いいかね、わしはこれまでたくさんの病気を治《なお》してきたんじゃよ。だったら、あんたのくるぶしはどうじゃ？」

「たしかに、だいぶよくなった……。でも、あんたの薬、飲み忘れたんだぜ」

「そうじゃな。だがわしのこのとっておきのびんのにおいをかいだろ？　場合によっては、それでじゅうぶんなんじゃ……」

コルヌビックは、たき火を背《せ》にして、うとうととしはじめた。そのとき、レムが同じ質問《しつもん》を返してきた。

「では、おまえさんはなんで旅に出たんじゃ？」

コルヌビックは、数秒間迷《まよ》ってから、ついに話すことにした。この正直《しょうじき》もののニワトリに真実を話しちゃいけないってことはないだろう。ひとりに話せば千人に広まる、とはいうものの、どっちみち、レムとは明日になればお別《わか》れするのだ。話したところで、さして問題ないだろう。それじゃあ……。コルヌビックは大きく息を吸《す》いこむと、すべてを語った。コルヌビケットの瞳《ひとみ》のなかの星のこと、すっかりのぼせあがっていたこと、将来《しょうらい》の夢《ゆめ》……。レムはコルヌビックの横に腰《こし》かけたまま、うなずきながら聞いていた。ときには、「ふむ、ふむ、ふむ」とあいづちを打ち、まるで「聞いてるよ、わかるよ、おまえさんの気持ちが……」とでも言いたげだった。コルヌビックは洗濯場《せんたくば》での告白《こくはく》やビック＝アン＝ボルヌの話もした。勝手な思いこみと失恋《しつれん》……。コルヌビックが本心を打ち明けたのはこれが初めてだった。ピエに対してさえ、こんな話はしなかった。

話のしめくくりにコルヌビックはこう言った。
「そんなわけで、ぼくはある日、村を離《はな》れたんだ。それ以来《いらい》、一度もどってない。ぼくのこと、バカなやつだと思う？」
いや、レムはコルヌビックをバカなやつだなんてまったく思ってなかった。そんなふうにはまったく！　だって、そのときレムは爆睡《ばくすい》していたんだ。おそらく、話の最初《さいしょ》から寝《ね》ていたにちがいない。というのも、しいんと静《しず》まりかえったなか、あいかわらずレムの「ふむ、ふむ、ふむ」というあいづちだけは聞こえていたからだ。コルヌビックはそっとレムの肩《かた》をつかむと、毛布《もうふ》の上に横たわらせた。そして、上着をかけてやった。

「おやすみ、レム先生。よい夢《ゆめ》を」

コルヌビックも、横になって眠《ねむ》ることにした。眠りにつく前、最後に考えたのはやっぱりピエのことだった。どこにいるんだ、坊《ぼう》や？　あいつらは、きみをひどい目にあわせたりしてないよな？

第十二章

次の日の朝は驚《おどろ》きだった。レムは、ゆうべのことをなにひとつ忘《わす》れていなかったんだ！　木の実のことも、いっしょに飲んだコーヒーのことも、コルヌビックから分けてもらった巻《ま》きタバコのことも、全部覚《おぼ》えていた。頭のザルはそれほど穴《あな》だらけでもないみたいじゃないか！　コルヌビックはそう思った。

ところが、なんということ！　すぐにそれはまちがいだとわかった。その日のお昼前、コルヌビックがレムの前を歩いていると、とつぜん、背後《はいご》で荷車のカランコロンという音がとだえたんだ。コルヌビックは足を止めて、振《ふ》り向いた。すると、レムが立ちつくしたまま、額《ひたい》にしわを寄《よ》せてこちらをじっと見ている。

「おい、そこのおまえさん、左足をちょいとひきずってないかね？」

コルヌビックはびっくりした。

「ああ、そうだよ。だって知ってるだろ？　きのう話したじゃないか……」

「いや、なにも聞いとらん！」

「えっ？　思い出してくれよ。ぼくは左のくるぶしがはれていて……」

「え？　そうか？　で、わしが薬をあげたのかね？」

「うん……」

「で、おまえさんは薬を飲んだのかね？」

「いや……」

「なんで飲まんのだ？」

「だって、レム、あんたが自分で説明《せつめい》してくれたんじゃないか。中身は本物の薬じゃないって」

レムはなにも覚《おぼ》えていなかった。やっぱり頭は穴《あな》だらけのようだ。

コルヌビックの予想とちがって、結局《けっきょく》その朝、ふたりは別《わか》れなかった。その次の日も、何日たっても。というのも、ふたりともいっしょにいると都合《つごう》がよかったからだ。コルヌビックは、くるぶしさえ調子がよければ荷車を引っぱった。そこに自分のずだ袋《ぶくろ》をのせれば、背負《せお》っているより楽だったんだ。しばらくほったらかしにしていたバンジョーもまた弾《ひ》きはじめた。レムは、レストランのシェフのように料理《りょうり》がうまく、いつだってご機嫌《きげん》だった。レムに言わせると、記憶《きおく》がなくなるおかげで、〝ハッピー〟でいられるらしかった。いいことしか思い出さなくてすむらしい。

一週間もすると、コルヌビックとレムは、息の合ったコンビになった。ふたりは、通りかかった村々でお金をかき集めるための戦略《せんりゃく》をねった。レムはすばらしいアイデアマンだった。

「いいか。おまえさんが広場のまんなかに行って、マンドリンを取り出す……」

「バンジョーだよ、レム、バンジョー」

「そうか、バンジョーだな。それをかき鳴らして、ノリのいい曲を二、三、演奏《えんそう》するんじゃ。そのあいだ、わしは帽子《ぼうし》をまわして小銭《こぜに》をかせぎながらさがす。カモになりそうなやつを……おっとちがった、お得意様《とくいさま》になりそうなおかたをな！　信用《しんよう》しろ、わしはこう見えても、他人の病気がすぐにわかる。いつかある村に着いたら、村人がみんな体をふたつ折《お》りにしてお腹《なか》を痛《いた》がっていた。そこでわしはこう叫《さけ》んだ。『ドクター・レムが来たからにゃ、ゆるゆるお腹もすぐ治《なお》る！』そうやって、持っている薬を全部売りつけた！　いいか、もう一度くりかえすぞ。おまえさんがラッパをしまったら……」

「バンジョーだってば！」

「ああ、そうじゃ、バンジョーだな。音楽にはまったくうといものでな。とにかくおまえさんが楽器をしまったら、すぐに、わしが小びんを持って行動する。十個《こ》はまずまちがいなく売れるじやろう！」

戦略《せんりゃく》はみごとに当たった。ふたりは大うけだった。とくに、コルヌビックの歌に、人々は手が赤くなるほど拍手《はくしゅ》かっさいした。だれかがコルヌビックにリクエストをする。

「『ゴーイング・ダウン・ザット・ロード』って知ってるかい？」

もちろん、知ってるぜ！　コルヌビックはどんな曲でも知っていたんだ！　コンサートが終わると、肩《かた》をたたかれて、こう言われた。

「プロの歌手なのかね？」

「いえ、とんでもない」

「きみなら、プロになれるよ！」

そうしたお世辞《せじ》には、ひかえめ目に答えた。

「まあ、そう言われることもありますけどね……」

そして、人々がその場を立ち去る前に、レムがガラガラと荷車をゆらしながら登場する。やおら鐘《かね》を鳴らすと、口上《こうじょう》を始めるのだ。

「みなさま、こちらをご覧《らん》ください！　ドクター・レムでございます。そうです、あの有名なドクター・レムでございます！　今回は特別《とくべつ》にみなさまの村まで足をのばしました。というのも、みなさまに都会の最新薬《さいしんやく》をご紹介《しょうかい》するためです！　カランカラン（ここで鐘の音だ）！　このわ

たくしめの移動型《いどうがた》研究所では、みなさま、よろしいですか？　バンバン（ここで荷車の荷台をたたく音）、どんな体のお悩《なや》みでも治《なお》すことができる薬が開発されております。胃炎《いえん》に歯痛《はいた》、肝臓《かんぞう》の機能低下《きのうていか》、お腹《なか》の張《は》り……カランカラン（またもや鐘《かね》の音）。どうぞ、このチャンスをお見逃《みのが》しなく、明日はもうわたくしめはここからはるか先の村に行かねばなりません。こんな症状《しょうじょう》のかた、いらっしゃいませんか？　舌《した》のざらざら、口内炎《こうないえん》、頭痛《ずつう》、胸骨《きょうこつ》のずれ、内臓の肥大《ひだい》、便秘《べんぴ》……カランカラン（またまた鐘の音）。さあ、いらっしゃい、いらっしゃい。こんな症状にお心あたりのかたいらっしゃいませんか？　結膜炎《けつまくえん》ならぬ尻膜炎《ケツまくえん》、走りすぎによる水虫、左のくるぶしの痛《いた》み……」

レムはここで、得意技《とくいわざ》に出る。釣《つ》り人のように魚にねらいをつけたら、おびき寄《よ》せ、魚の動きに合わせて、ひょいと釣り上げるのだ。コルヌビックがリサイタルを開いているあいだ、聴衆《ちょうしゅう》のなかに、小指の曲がった人を見つけたとする。

するとこう叫《さけ》ぶんだ。

「小指の関節《かんせつ》のゆがみ！」

あるいは、頬《ほお》にはれ物のある人がいれば、

「右頬のおでき！」と、こうなる。

心あたりのある者は、まずまちがいなく寄《よ》ってくる。その症状《しょうじょう》に悩《なや》んでいればなおのこと、薬があると聞いたら、ほうってはおけないものなのだ。

この方法《ほうほう》にはただひとつ難点《なんてん》があった。いったん薬を売りつけたら、一目散《いちもくさん》に逃《に》げなければならないことだ。というのも、患者《かんじゃ》たちは、足にできたウオノメだろうが、鼻風邪《はなかぜ》だろうが、みんな同じ安酒を売りつけられたことにすぐ気づいてしまうからだ。

コルヌビックには、すぐにその場を立ち去ることはお手のものだった。ピエといるとき、三日間同じ場所にいることなどまずなかったのだから。結局《けっきょく》、レムとコルヌビックは何度も、熊手《くまで》をかかげた十人ぐらいの村人たちに追いかけられた。そうなると、コルヌビックは、レムを荷台のびんのまんなかにすわらせて、荷車を引きながらスタコラサッサと逃げ去った。だからレムは、コルヌビックといっしょにいさえすれば、村人たちから袋《ふくろ》だたきに合わずにすんだ。かつてレムは、前の日にこてんぱんにやられた村に、次の日、またのこのこと出かけてしまうなんてことがしょっちゅうあったんだから、なおのこと。

ある晩《ばん》、このインチキ医者はどうにも眠《ねむ》れず、毛布《もうふ》の下で身をよじっていた。

「クソッ、コーヒーのやつめ！　濃《こ》く入れすぎたな。目がさえてちっとも眠れやしない……」

だが、コルヌビックは、レムがどんなふうに眠りの世界に入っていくのかを知っていた。というのも、数日前に同じようなことがあったんだ。

「話でもしてあげようか？」

「ああ、それはいい！　話を聞くのは大好《だいす》きじゃ。あんまり悲しい話じゃないほうがいいな」

「ふむ。じゃあ、笑《わら》って泣《な》ける話にするよ」

「ああ、始めてくれ。横になったまま聞かせてもらっていいかな？」

「お好きなように」

コルヌビックはレムのすぐ横にすわっていた。巻《ま》きタバコを紙で巻きおわると、おき火でタバコに火をつけ、話しはじめた。

「では始めます。あるとき、ちょっぴりまぬけなのっぽのヤギが、広い平原をたったひとりで歩いておりました。そいつは、四日前からなにも食べておらず、とんでもなく腹《はら》ぺこでした。そいつがふるさとの村を出てきたのは……ええと、理由はよくわかりません。とにかく、そいつはもう二度ともどらない覚悟《かくご》で村を出てきたのです」

「失恋《しつれん》の痛手《いたで》が理由じゃろう……」そう言うレムの声はすでに弱々しくなっていた。

「まあ、そうとも言えるが……。そう、失恋の痛手で村を出たのです。風の強いある日のことでした。空ではカラスがカアー、カアー、と鳴いていて、突風《とっぷう》のなか一羽のコウノトリが必死《ひっし》になって飛《と》んでいました。くちばしに小さな包《つつ》みをくわえていました。するとコウノトリはその包みをはなしたのです。包みはどこに落ちたでしょうか？　のっぽのヤギの腕《うで》のなかにポトン！　そ

う、これはあくまでお話です。だから全部本当ってわけじゃありませんよ。ともかく、その包《つつ》みのなかには手紙がありました……。レム、寝《ね》ちゃったのかい？」

「ムニャムニャ……いやいや……聞いてる」

「その手紙にはこう書かれていました。この包みを拾ったかたへ……」

コルヌビックが語るにつれて、レムはもぞもぞするのをやめて、おとなしくなった。レムがいびきをかきはじめても、コルヌビックは気を悪くしなかった。ひとりで話しつづけた。それどころか、だんだん活気づいてきた。

「そのあいだ、コウノトリはじりじりしながら待っていました。『それで、その包みを引き取ってくれるの、くれないの？　引き取らなくても当然《とうぜん》よね！　なにが入ってるかこわいものね！』それを聞いてのっぽのヤギはどうしたでしょうか？　力こぶをふくらましてみせて、こう言ったのです。『こわい？　このおれが？　ハハハ！　チビはおれがあずかるよ。〝かぎ爪《づめ》を持つやつら〟とやらがやって来てみろ！　おれが相手になってやる！』」

コルヌビックは洗《あら》いざらい話した。自分のお腹《なか》にかくしたかわいいピエのこと、肩《かた》の上にいるかわいいピエのこと、耳をかじってくるかわいいピエのこと、秋になると目をこすりはじめ、春になると目を開けて「やあ、コルヌビック！」って言ってくれるかわいいピエのことを。ピエとふたりで逃《に》げまわったこと、けんかしたこと、笑《わら》い合ったことも。そして冬があまりに長く、夏はあまりに短く感じられたこと。それから大レースの話をしながらひとりで笑《わら》いまくった。

「いいか、レム、ぼくは、その汚《きたな》い二十四番の鼻面《はなづら》に思いっきりパンチをお見舞《みま》いしてやったんだ！　ボカーンってね！」

そして、かわいい相棒《あいぼう》がいなくなった場面ではおんおんと泣《な》いた。

「それは霧《きり》というより、まるで小麦粉《こむぎこ》がふっているみたいだったんだ！　ぼくはひと晩《ばん》じゅう、ピエの名前を呼《よ》びながらさがしつづけた。けっして忘《わす》れられない。次の朝、あいつのウンチを見つけたんだ。思い出に持って帰ろうかと思ったぐらいだよ！」

コルヌビックは笑いながら泣いた。

「言っただろ、レム。笑えて泣ける話だっただろう……」

コルヌビックはついに口をつぐんだ。火が消え、真っ暗な夜が来た。コルヌビックの横で、レムが静《しず》かに眠《ねむ》っている。まったく……。コルヌビックは、眠っているピエを相手に、しょっちゅう長々とひとりごとを言っていたのを思い出した。まったく、人生のなかで、うまく話ができる相手ってのは、いつだって、すやすやと眠っているんだ！

コルヌビックは、ぬくもりを求《もと》めて、レムと背中《せなか》をくっつけて横になった。おやすみ、レム先生、よい夢《ゆめ》を。

ところが、コルヌビックが眠《ねむ》りに落ちかけたそのとき、寝《ね》ぼけたモゴモゴした声が聞こえてきた。

「……さがしに行かないとな……」

コルヌビックは飛《と》び起きた。

「え？　レム、なんか言った？」

「ああ」

「なんて言ったの？」

「おまえのそのかわいいピウとやらを、さがしに行かないとな。女の子のおチビちゃんもな。そんなくだらんかぎ爪《づめ》の連中《れんちゅう》とやらに、その子たちを好《す》きなようにさせるわけにはいかんじゃろ……」

第十三章

レムが寝《ね》ぼけながら言った言葉はコルヌビックをふるい立たせた。実際《じっさい》、コルヌビックが待っていたのはその言葉だけだった。今ようやくそのことに気づいた。「ほら、もうメソメソ泣《な》いているのはやめにして、行動を開始するんだ！」これまでの闇《やみ》のなかにとつぜん、炎《ほのお》が燃《も》え上がったような気がした。

コルヌビックは、とてつもない希望《きぼう》に気持ちがかきたてられた。〝かぎ爪《づめ》を持つやつら〟のアジトに行って、かわいいピエを取り返すんだ！　あれこれ想像《そうぞう》すると興奮《こうふん》し、コルヌビックはその夜まったく眠《ねむ》れなかった。場合によっては、角で突《つ》いて、あいつらを追い払《はら》おう。そしてピエを腕《うで》に抱《だ》いてゆっくりと立ち去る。場合によっては、アメリカ・インディアンのスー族よりも静《しず》かに、ピエが眠っているベッドの近くに近寄《ちかよ》り、抱き上げて窓《まど》から逃《に》げるんだ。場合によっては、百人あまりのムナジロテンがあっけにとられている前で、すっくと立ち上がり、胸《むね》を張《は》って、おそろしい声でこうわめいてやろう。「もういいだろう、その子はぼくのものだ！　いいか、ぼくのものなんだぞ！　さあ、お嬢《じょう》ちゃんたち、いい子だからすぐにその子をぼくに返しな、さもないと……」そこで、コルヌビックはわざと声を低《ひく》くし、怒《いか》りで青ざめながら、こうつぶやく。「さもないと、どうなったって知らないぞ……」それから、ひと言ひと言区切ってくりかえす。「どう……なったって……知らないぞ……と言ってるんだ」すると、やつらはふるえながら、ひそひそと相談《そうだん》し、そのうちひとりがピエを腕《うで》に抱《だ》いてきて、コルヌビックにさしだすのだ。「すみませんでした。あなた様がそれほどまでにこの子をかわいがっていらしたとは、知らなかったもので。あの、こちらの女の子も、どうぞお連《つ》れください。ところでよかったらなにか召《め》し上がりませんか？　お茶とか、お菓子《かし》とか？」

朝になり、日の光の下《もと》、新鮮《しんせん》な空気がコルヌビックののぼせた頭を冷《ひ》やしてくれた。それでもかすかな希望《きぼう》の光は消えなかった。横では、レムがのびをし、あくびをし、体をポリポリかいている。もしかしたら、きのうのことをすっかり忘《わす》れてしまっているかもしれない。

「レム、よく眠《ねむ》れた？　なんかおもしろい話をしてくれよ」

「その子をさがしに行かなければならんな、だろう？」

ふたりとも意見は同じだった。だからその日は、一日じゅうその話でもちきりだった。レムは、完全《かんぜん》に興奮《こうふん》していた。興奮しすぎて、コルヌビックが、この計画にはいくつか危険《きけん》があるといくら説明《せつめい》しても、まるで聞く耳を持たなかった。レムは、コルヌビックの心配をすべてはねつけた。

「いいか、コルヌビック。やつらがおまえさんのことを知っているだと？　そこに入りこんだとたんに捕《つか》まるだなんて、そんなことはない！　やつらにおまえさんだってわからせなければいいのじゃ！　自分の姿《すがた》を見てみろ。やせてて、大きなあごひげがあって、その上、ピアノを弾《ひ》くヤギ……」

「バンジョーだよ、レム」

「まあ、この際《さい》どっちでもいいじゃろ、そんなもんは！　だからだな、上着の下にクッションを入れて、お腹《なか》を太らせて、そのあごひげを短く切って、しかもわしの荷車におまえのラッパをかくしてしまえば、やつらもおまえさんだとは気づくまい。そこらに数千匹《びき》もいる、なんのへんてつもないヤギになるんだ。数千匹ぐらいはおるんじゃろ？　おまえさんの国には？」

「もっといるかも……」

「だとしたら、ほかのヤギたちはおまえさんほど臆病《おくびょう》ものじゃないことを願《ねが》うね！」

「わかったよ、レム。じゃあ、まずはやつらにぼくの正体がばれないということにしておこう……」

「ばれないんじゃよ！　では、続《つづ》けるぞ。わしがおまえさんのサポートをして……なんで笑《わら》ってるんじゃ？」

「いや、べつに。ぼくの正体はばれない。レムがサポートをする。そしてぼくたちは旅をする。だよな？　で、その次はどうなる？　どんなふうに展開《てんかい》していくのさ？　ああ、なんてややっこしいんだ」

「どこがややこしいのじゃ！　いいか、その一、チビたちの居場所《いばしょ》を見つける。その二、チビたちを奪《うば》い返す。その三、逃《に》げる……」

「逃げるって？　レム、ああ、なんてあんたは単純《たんじゅん》なんだ！　いいか、お願《ねが》いだから聞いてくれ。まず、あんたとぼくとじゃ、ちがうだろ？　そんな大きなちがいじゃないかもしれないけど、それでも、な？　〝かぎ爪《づめ》を持つやつら〟に、ぼくは追っかけられた。数キロメートルもだ。万一、ぼくのはったりがきかなかったら、それこそ、この体にやつらのかぎ爪がグサリ！　ってとこだったんだ。あんたをばかにする気は毛頭《もうとう》ないけど、あんたの七倍のスピードで走れるこのぼくでさえ、そんなにあぶなかったんだぜ。それをあんたは、かんたんに、逃げればいいなんて言うのかい？　ハッハッハ！　それこそお笑いぐさだよ。それにもうひとつ、レム先生、いいかな？

〝かぎ爪《づめ》を持つやつら〟をぼくは間近《まぢか》に見たことがある。ほんとにもう、すぐそこでね。やつらにあの黄色い目でにらまれたら、どうなるか……。まあ、空《から》いばりしたところで、あまりの恐怖《きょうふ》でちびっちゃうだろうな。あんたが、たとえ医師免許《いしめんきょ》を持っていようが、あの恐怖には勝てないさ」

「よくわかった。だがな、コルヌビック、おまえさんの話は長すぎる。同じことを言うのに三文字あればじゅうぶんじゃろ」

「三文字？」

「そうじゃ、『こ・わ・い』それだけのことじゃよ」

しばしの沈黙《ちんもく》のあと、いきなり、コルヌビックがまくしたてた。

「こ・わ・い？　そうさ、こわいさ！　レム、こんな状況《じょうきょう》でこわくないやつなんているもんか！　わかっただろ？　だからもう、軽く考えるのはやめてくれよ！」

それから数日間、ふたりは、さりげなさをよそおいながら、すれちがった人々から〝かぎ爪を持つやつら〟についての情報《じょうほう》を集めた。やつらのことがよくわかってさえいれば、どうにか立ち向かうことができるだろう。調査《ちょうさ》の結果《けっか》、こんなことがわかった。

ムナジロテン一族は、険《けわ》しい山に囲《かこ》まれた一帯《いったい》に、人目をしのんで生活している。登るのはたいへんだが、景色《けしき》の美しいところだという。よかったじゃないか！　万一、やつらのすみかで命を落とすことがあったとしても、そんなに気持ちのいい大自然《だいしぜん》のなかだなんて。また、やつらが絶対服従《ぜったいふくじゅう》している〝かぎ爪《づめ》を持つ女ボス〟がいるらしい。やつらは、愛情《あいじょう》をこめて「ばば様」と呼《よ》んでいる。そのボスひとりだけで、ほかのムナジロテンを全部集めたぐらいの残酷《ざんこく》さを持ち合わせているらしい。つまり、ムナジロテンの濃縮版《のうしゅくばん》だ！　そういえば……コルヌビックはその名前をどこかで聞いたことがあった。そうだ！　パールという名のムナジロテンの甘《あま》ったるい声が頭のなかによみがえってきた。「ええ、ものすごく。それじゃ〝ばば様〟だって怒《おこ》るだろうし」最後《さいご》の情報《じょうほう》は、そのばば様は大きくてりっぱな石づくりの宮殿《きゅうでん》に住んでいて、そのなかに足を踏《ふ》み入れたことのあるよそ者はほとんどいない……というものだった。

西に歩みを進めながら、得《え》られた情報はこれだけだった。これだけじゃ、なんだか心もとないなあ……。

歩くにつれて、コルヌビックが見たことのある景色《けしき》になってきた。以前《いぜん》は、ここを反対方向に歩いていったんだ。石切り場にくずれかかった塀《へい》。その塀の陰《かげ》で眠《ねむ》ったことがあったっけ。パールとフレッシュを突《つ》き落とした小川もあった。さまざまな場面を思い出すだけで、お腹《なか》がチクチクしてきた。ということは、あと数日間ひたすらまっすぐ歩きつづければ、ヤギの国に帰れるってことじゃないか！　このままで、いつかみんなに会える日が来るのだろうか？　いや、会えないかもしれない。コルヌビックはとても弱気になった。レムと向かい合って、本当のことを言いたくなった。千に一つもうまくいくチャンスはないと思う……。ぼくたちはいったいなんなんだ？　オオカミに向かって歩いている、か弱い二匹《ひき》の子羊ってところじゃないか。だが、コルヌビックが弱音《よわね》を吐《は》きそうになるとすぐに、レムがこう言い返してコルヌビックをだまらせた。

「おまえさんは考えすぎだ。そのうち、頭の管《くだ》がボンと破裂《はれつ》しちまうぞ！」

この老《お》いぼれニワトリは、コルヌビックを笑《わら》わせて安心させるコツをよく知っていた。コルヌビックだって、本当はこの計画が失敗《しっぱい》するなんて思っていない。心の中ではどうにかなると思ってたんだ。

ふたりは、果《は》てしない平原を歩きつづけた。一見したところ、なんの変化《へんか》もない。同じ北から吹《ふ》いてくる同じ風が、骨《ほね》まで凍《こお》りつかせた。同じカラスが、同じ雲の下でカアーカアーと鳴いている。見た目には、ふたりは、今までと同様、淡々《たんたん》と歩いているように見える。きみたち、それじゃあ、退屈《たいくつ》すぎないかい？　と言われそうだ。

ある朝、ふたりは、真南の地平線に、山のでこぼこしたシルエットを見つけた。レムが叫《さけ》んだ。
「ほら、あそこ。あと三時間もすれば着くぞ！」
ふたりは、風にあおられながら、その山に向かって進んだ。荷車のなかのびんがぶつかり合う音が鳴り響《ひび》く。ガランガラン、ガランガラン。レムの三時間は、実際《じっさい》には、三日間になり、五日間になり……。コルヌビックは腹《はら》ぺこでたおれそうだった。だから、早く目的地《もくてきち》に着きたくてしかたなかった！　ムナジロテンのやつらのところには、なにか食べ物があるはずだよな！

夜、ふたりは野宿《のじゅく》した。野宿する最後《さいご》の晩《ばん》になるかもしれない。山はすぐそこ、今にも手がとどきそうなところだ。ふたりは、ビスケットを数枚《まい》かじり、空腹《くうふく》をまぎらわすためにタバコを吸《す》った。風もやんでいたので、小さな火をおこした。コルヌビックは、バンジョーをやさしくかき鳴らすと、『グッド・ナイト・リトル・ダーリン』を口ずさんだ。おやすみ、いとしい人よ……ブランシュビクーヌのことを思いながら。レムは、そのみすぼらしい頭でリズムをとりながら聴《き》いていた。そでをまくり上げ、ドラムのスティックのような腕《うで》がにょっきり出ていた。ときおり、レムは目を上げ、考え深げに山を見つめた。

第十四章

いや、美しい。なんとも美しい！　だれが見たって、美しいものは美しい！　緑の草原、赤い花、青い湖、乳白色《にゅうはくしょく》の雲。まさしく色のハーモニーだ。コルヌビックとレムは胸《むね》いっぱいに新鮮《しんせん》な空気を吸《す》いこんだ。道は優雅《ゆうが》なつづらおり。カーブにさしかかるたびに、ふたりは目を見張《みは》った。

「おい、見てみろ、正面の雪をいただいた山のてっぺんを！　ほら、あっちの山頂《さんちょう》もすごいぞ。こっちの川もだ！　ほら、見てみろ……」レムが興奮《こうふん》して大声を上げる。

「見てみろ、まずは自分の足もとを！」レムより冷静《れいせい》なコルヌビックがぶつぶつ言った。「ほらまた、荷車がかたむいてるぞ。きのうみたいに谷底《たにぞこ》に落っこちたあんたを拾い上げるのは、ごめんだからね」

砂利《じゃり》の上に散《ち》らばった百五十個《こ》もの小びんを四つんばいになってさがしまわるのは、もっとごめんだ！　本当のことを言えば、コルヌビックはそのボロボロの体をどこか別《べつ》のところにひきずっていきたかった。今日《きょう》まで、ひとつも家らしきものにお目にかかっていない。空腹《くうふく》ももう限界《げんかい》だ。ひと息入れるために立ち止まると、コルヌビックのお腹《なか》がグルグルと鳴りだした。レムは、ドキッとした顔をして言った。

「そんなふうに、わしをじろじろ見て、どうするつもりだ？　まさか、わしを食《く》おうってわけじゃないだろうな？　言っておくが、わしはかたすぎて歯によくないと思うぞ……」

しばらく行くと、ようやく努力《どりょく》がむくわれた。やっとの思いで峠《とうげ》を越《こ》えると、山あいに、街《まち》が広がっていたんだ。眼下《がんか》に、都会的《てき》なスレートぶきの屋根がならび、日の光にきらきらと輝《かがや》いている。レムがまたもや叫《さけ》んだ。

「ほら、あそこ！　あと二時間もすれば着くぞ」

コルヌビックは首を振《ふ》った。ということは、あそこまであと二日ってことか。

街に向かって歩きだす前に、しなければならないことがあった。計画どおり、コルヌビックを変装《へんそう》させるのだ。レムは、大きなハサミを取り出して、コルヌビックのひげをジョキジョキジョキと切った。目にかかっていた長い毛も頭の毛も、おしむことなくジョキジョキジョキジョキ。終わると、レムは三メートル後ずさりして、しげしげと自分の作品をながめ、満足《まんぞく》げにうなずいた。

「おまえさん、なかなかのハンサムボーイじゃないか！」

「はいはい、そうですか、そうですか」丸はだかにされた気分のコルヌビックは不機嫌《ふきげん》に言った。

それから、コルヌビックは黒くて長いオーバーを着こんだ。こうすれば、クッションをいっぱいつめこんだおしりやお腹《なか》をかくすことができる。さらに、丸いメガネをかけ、仕上げは、荷車の荷台の下にバンジョーをくくりつけて見えなくした。コルヌビックは、バンジョーがなくなってしまったかのような気がして、胸《むね》がぎゅっとしめつけられた。またこの手で、あのバンジョーをかき抱《いだ》くことがあるんだろうか？　コルヌビックのそんな気持ちを察《さっ》したレムがなぐさめた。

「心配するな。必《かなら》ずまたおまえさんのトランペットと再会《さいかい》できるからな！　いやはや、変装《へんそう》は完《かん》璧《ぺき》じゃ。おまえさんの母上だって、自分の息子《むすこ》だとは気づかんじゃろう！」

「ほんとかな……」

「ほんとじゃ！　ところでひと口どうだね？　元気になるぞ！　どうもしょぼくれてるみたいだからな……」

めずらしく、コルヌビックは、レムの親切を受け入れ、平べったいびんから数滴《てき》を口のなかに落とした。ウワワワワ！　な、なんという口当たりのよさだ！

平野では道路は広く、きれいに舗装《ほそう》されていた。レムが荷車を引きながら先頭を行く。コルヌビックは、数メートルうしろからついていった。すると、二頭の馬に引かれた四輪《りん》馬車が近づいてきた。ふたりのそばまで来ると御者《ぎょしゃ》は馬車のスピードを落とした。馬車の窓《まど》のカーテンが開き、黒いやせた人影《ひとかげ》がのぞいた。黄色いふたつの目が、まるでナイフの刃《は》のように鋭《するど》くレムに向けられた。だが、レムはあわてなかった。

「やあ、おばちゃん。お出かけかな？」

おばちゃん？　そう呼《よ》ばれて不満《ふまん》そうなムナジロテンは、無遠慮《ぶえんりょ》に、レムの体をじろじろとながめまわし、それからコルヌビックをじっと見た。コルヌビックの足はガタガタとふるえている。その十秒間が、まるで永遠《えいえん》に思えた。だが、カーテンがまた閉《と》じられ、馬車は遠ざかっていた。ふうー。

「ほらみろ」レムがうれしそうに大声を出した。「あの女は気づかなかったじゃないか！　だから言ったじゃろ。おまえさんは〝おしのび〟で旅ができるのじゃ！　だいたいおまえさんは、このレム様の言うことをあんまり信用《しんよう》しておらん。それが問題なんじゃ！」

夜になって、ようやく街《まち》はずれにたどりついた。コルヌビックは心のなかでつぶやいた。まあ、思ったよりは早かったな！　お腹《なか》がグルグルゴロゴロすさまじい音を立てている。あまりに空腹《くうふく》で、恐怖心《きょうふしん》さえ忘《わす》れてしまいそうなぐらい。

舗装《ほそう》された広い道は城壁《じょうへき》をぐるりとひとまわりしている。あちらこちらを馬車がいきかっているが、だれもふたりを気にとめようとしなかった。ふたりはやっと、街《まち》の入り口の大きな門に到着《とうちゃく》した。ふたりのムナジロテンが槍《やり》を手に、番をしていた。

「失礼《しつれい》ですが？」

「レム博士《はかせ》じゃよ。巡回診療《じゅんかいしんりょう》じゃ！」レムが即座《そくざ》に言い返した。「胃炎《いえん》に歯痛《はいた》、肝臓《かんぞう》の機能低下《きのうていか》……」

左の衛兵《えいへい》がいらいらしながら、手ぶりでレムの口上《こうじょう》を止めたかと思うと、荷車の中身をざっと調べた。それから、コルヌビックをあごでさしながら言った。

「で、このでかいほうは？」

「わしの助手じゃ、今はまだ修行《しゅぎょう》中でな……」

コルヌビックは「そうです」とばかりにっこりとした。それにしても、レム博士のそばでじきじきに修行させていただけるとはなんたる幸運、なんたる特権《とっけん》……。

衛兵はふたりを通し、街灯《がいとう》で照《て》らされたせまい通りまで送ってくれた。

レムはその街《まち》の清潔《せいけつ》さにびっくりぎょうてん。

「コルヌビック、見たか？　これなら地べたで食事だってできるぞ！」

大きな広場に出たふたりは、開《あ》いた口がふさがらなかった。広場に面した四つの建物《たてもの》の壁《かべ》にはどれも、すばらしい彫刻《ちょうこく》がふんだんにほどこされていた。数百ものたいまつの明かりがバルコニーや回廊《かいろう》を照《て》らし出している。あちらでは、ムナジロテンたちが、堂々《どうどう》としたアーケードの下をぶらぶら歩いている。とりわけ人目を引くのは、広場の一角《いっかく》にそびえたつ建物だった。入り口まではいかめしい階段《かいだん》が続《つづ》き、歯まで武装《ぶそう》していそうな二十人もの〝かぎ爪《づめ》を持つやつら〟が警備《けいび》をしているのだ。

「あそこに、ばば様とやらが住んでおるんじゃないか？」レムが耳打ちした。

「そんなとこだろう」コルヌビックが答えた。「だいたい、あのまんなかにある立像《りつぞう》はなんだ？大女め！」

だが、コルヌビックにとっては、それよりずっと気になるものがあった。広場のすみにかかげられている看板《かんばん》だ。そこには、おいしそうな湯気《ゆげ》が立ったスープの絵とともに、美しい金の文字でこう刻《きざ》まれていた。〝ユニコーン・ホテル〟

「あそこでなにか食べるとするか？」レムが言った。「そのあとで、ゆっくり考えよう」

「願《ねが》ったりだ！」コルヌビックがうめくような声を上げた。よだれが足もとまでしたたり落ちそうだ。

ふたりはそのホテルまで荷車を押《お》していき、ノッカーでドアを二度コツコツとたたいた。年老《としお》いたムナジロテンが重いドアを開けてくれた。給仕頭《きゅうじがしら》の薄紫色《うすむらさき》の服を着ている。思いがけないふたり組に一瞬驚《いっしゅんおどろ》いたようだが、すぐに尊大《そんだい》な声でこう言った。

「おふたりともお食事を〝お召《め》し上がり〟でいらっしゃいますか？」

「コメシアガリ？」そんな言葉を聞いたことがないレムが答えた。「いや、軽く食べたいだけじゃ。ふたりともな……」

「わかりました……では、そのたくさんのお荷物と〝お召しもの〟をおあずかりしましょうか？」

「コメシモノ？」その言葉も聞いたことがないレムがたずねた。

それでもどうにかこうにか、レムは荷車を裏庭《うらにわ》に置《お》かせてもらうことができた。薄紫色の服の給仕頭は、ふたりを赤いビロードのぶあついカーテンの向こうまで案内《あんない》した。

「どうぞ、そのまま前にお進みいただけますか……」

「前に進めだとよ」レムがコルヌビックの耳もとで言った。「はいはい、前に進みますよ。なんなら、後ろ向きで進んでみせましょうか……」

ふたりは大きな部屋《へや》に入っていった。暖炉《だんろ》で大きな炎《ほのお》がめらめらと燃《も》えている。いくつかのテーブルにはすでにムナジロテンたちがすわっていて、ふたりのくしゃくしゃのズボンやくたびれた上着に、感じの悪い視線《しせん》を投げかけた。だれもが、ひそひそ話をしながら、シガレットケースから取り出したタバコをすぱすぱ吸《す》っている。ピアニストが、客たちの会話のじゃまをしないように、弱い音で演奏《えんそう》を始めた。まったく、なんてところに来ちまったんだ！　コルヌビックは思った。

給仕頭《きゅうじがしら》はふたりをテーブルに案内《あんない》すると、すわるときにはわざわざ椅子《いす》を押《お》してくれた。ふたりとも、自分ではすわることもできないと思われたのか！　給仕頭はふたりを置《お》いて立ち去ると、やがて、ユニコーンが描《えが》かれた革表紙《かわびょうし》のメニューを持ってもどってきた。

レムが手をこすり合わせた。

「コルヌビック、好《す》きなものを選《えら》んでいいぞ。わしのおごりじゃ！」

なになに、特製《とくせい》ポタージュ、子羊のソテー、カモのモモ肉、ウサギの白ワイン煮《に》こみ……。ふたりは目をまん丸にした。ウェイターがもうやってきた。

「お決まりになりましたか？」

「いや、あの、まだちょっと」レムが口ごもる。「なかなか決められなくてな、なにせどれもおいしそうなもので……」

そこに書かれた料理《りょうり》はどれもおそろしいものだった。子牛の頭、子イノシシの煮こみ、ビーフシチュー。するととつぜん、レムが真っ青になって叫《さけ》んだ。

「コルヌビーーーーーック！　見てみろーーー！」

レムがふるえる指でさしたところにはこう書かれていた。ムナジロテン風《ふう》、若《わか》いオンドリのソテー！

ふたりはあわてふためいた。ということは、お次は、雌《めす》ヤギのモモ肉とか、雄《おす》ヤギの薄《うす》切り肉……だったりして……

「お決まりになりましたか？」

コルヌビックは飛《と》び上がって、メニューをパタンと閉《と》じた。もうじゅうぶんだ。完全《かんぜん》に言葉を失《うしな》っているレムにかわって、コルヌビックが答えた。

「ええ、では、特製《とくせい》ポタージュとチョコレートケーキを……」

「それだけでよろしいのですか？」

「ああ、それだけだ。ビールがあれば、ビールも……」

一分後――そのあいだに、コルヌビックはパンかごをすっかりからっぽにしてしまったが――ふたりのムナジロテンがポタージュを持ってきた。ひとりめがスープ鍋《なべ》をテーブルの上に置《お》くと、ふたりめが大げさにふたを取って、ものものしく言った。

「レンズ豆と産地《さんち》直送タマネギのスープでございます」

「わかった、わかった」ようやく落ち着いたレムが言った。「お嬢《じょう》さんたち、なにもそんなにぎょうぎょうしくすることはなかろう。わしらは英国皇太子《えいこくこうたいし》でもその親戚《しんせき》でもないんだからな」

ウェイトレスたちは、お玉に半分ずつのスープをそれぞれの器《うつわ》につぐと、厨房《ちゅうぼう》に姿《すがた》を消した。

コルヌビックはスプーンを無視《むし》し、湯気《ゆげ》の立っているポタージュを一気に飲みほしたかと思うと、口のまわりをべろべろとなめまわした。なんておいしいんだ！　それから、背後《はいご》を通りかかったウェイトレスのひとりを捕《つか》まえると、からのお皿に向かって人さし指をくるくる回しながら、こう言った。

「ちょっと、あの……」

「まあ、まだスープをおつぎしていませんでした？」

「いや、もらったけど。つまり、もう飲んじゃったんだ」

ウェイトレスは厨房にもどると、もう一度お玉に半分のスープをついだ。それを見たコルヌビックは、思わずかっとなった。

「お嬢さん、いいかい。そのスープ鍋《なべ》をそのまんま置《お》いていってくれないかな？　それとパンもふたつね。お子様用のあんな小さなパンかごじゃなくて、大きな田舎《いなか》パンを丸ごとふたつだ。わかった？　いや、三つでもいいな。あ、それからビールも忘《わす》れないでくれよ……」

そういうことですか？　ウェイトレスにもやっと通じて、注文どおりの品を運んできた。コルヌビックはようやくきちんとした食事を始めたような気になった。胸《むね》の前でパンをちぎり、大きなかたまりをスープ鍋《なべ》にそのままひたす。ボチャン！　お玉でそれを引き上げると、湯気《ゆげ》が立っているそのかたまりを口のなかに思い切り押《お》しこんだ。コルヌビックはうめき声を上げ、ため息をついた。まわりのことなどまったくおかまいなし。

一分後、ナプキンにはポタージュとぬれたパンくずとよだれが、しみになってこびりついていた。ハックション！　コルヌビックは口いっぱいに食べ物をつめこんだまま、くしゃみをした。テーブルの上がナプキンと同じ状態《じょうたい》になった。そして、もう一度、ハックション！

ひとりのムナジロテンが、自分のテーブルからコルヌビックのほうを振《ふ》り返った。くちびるをきっと結《むす》んで、冷《ひ》ややかに言った。

「どうぞお大事に」

「失礼《しつれい》、どうもここに来てから風邪《かぜ》を引いてしまったようで」コルヌビックが言った。

それからコルヌビックは一気にビールを飲みほすと、すぐ二杯《はい》めを注文した。けっして神経質《しんけいしつ》ではないレムでさえ、コルヌビックをなんとかたしなめようとした。

「ほらほら、いいかげんにしろ！　みんなが見てるぞ」

でもコルヌビックの耳にはなにも入ってこない。それどころか、お腹《なか》を満《み》たしたコルヌビックはすっかり元気になり、いきおいづいてきた！　というのも、今度はピアニストについて文句《もんく》を言いはじめたんだ。

「あれ、聴《き》いたかよ？　甘《あま》ったるい子守唄《こもりうた》みたいな演奏《えんそう》で、みんなを眠《ねむ》らせようってわけか。よし、あいつに『ジャックハンマー・マン・ブルース』を知っているかどうかきいてみよう。知ってたらデュオでハモってやれるからな……」

「コルヌビック、やめろ！」

危機一髪《ききいっぱつ》というところで、最悪《さいあく》の事態《じたい》はまぬがれた。ちょうどそのとき、ウェイトレスがチョコレートケーキを運んできたからだ。

「こちら、シュプレーム・オ・ショコラともうしまして、裏《うら》ごしした……」

「わかった、わかった。もういいから、そこに置《お》いてってよ」

ふたりはビールを飲みながら、じっくりとケーキを味わった。レストランのなかには、すでに客は半分しか残《のこ》っていない。

となりのテーブルで、ムナジロテンがふたり、食後酒をちびちびと飲みながら、ひそひそ声でおしゃべりをしていた。

「あのかた、今年は、戴冠祭《たいかんさい》を祝《いわ》うために広場に降《お》りていらっしゃると思う？」

「さあ、どうかしら……。なにせもう歩けないって話だし……」

コルヌビックは耳をそばだてた。それからレムにウィンクした。

「おいおい！　あいつら、おもしろい話をしてるぜ」

となりの会話はだんだんと熱《ねつ》をおびてきた。

「そうそう、秋にひざのお皿を割《わ》っちゃったんでしょう？　ひどいころびかたをして。あのお年ですものね……」

「あら、でもあのかたは、それぐらいじゃへこたれないわよ。すぐに元気になられるわ。だって、かわいいヤマネが連《つ》れてこられたっていうじゃないの。知ってる？」

コルヌビックの酔《よ》いは一気にさめた。あやうく椅子《いす》から転《ころ》げ落ちそうになったほどだ。ピエだ！　ぼくのかわいいピエのことだ！　こいつらが話しているのは、ピエ、きみのことだろ？　ピエ、いったいどこにいるんだ？

「聞いたわ、聞いたわ。なんでも女の子ヤマネもいるんですってね。ばば様は二匹《ひき》とも自分の宮《きゅう》殿《でん》に置《お》いていらっしゃるそうよ。だってそうでしょ？　見つけるのに四年もかかったんですもの。そうやすやすとは手ばなすつもりはないでしょうね」

「すぐにヤマネが繁殖《はんしょく》するわね。そうすれば、また食べられるようになるのね！」

「そうよ、昔みたいにね！　ああ、早く食べたい！　よだれが出ちゃうわ」

その女たちは、うれしそうにグラスを持ち上げた。

「それじゃあ、ばば様にかんぱい！」

「それに、ばば様のかわいいチビたちにもね！」

となりの客は食後酒を飲みほすと、オーバーを取りにいった。そのふたりが店を出ていったとたん、レムが、ショックから立ち直れないでいるコルヌビックのほうに身をかしげ、からかうようにこうささやいた。

「そら、出番だぞ！　もう一度言うぞ、コルヌビック。おまえさんに問題があるとすれば、それはレム先生をきちんと信用《しんよう》しないことだ」

だが数秒後、レムは咳《せき》ばらいをしてこう言ったんだ。

「ところで、コルヌビック……」

「なに？」

「あのその……　〝ひざのおカラ〟ってなんのことじゃ？」

「〝ひざのお皿〟だよ、先生。ひざにある平べったくて丸い骨《ほね》のことさ」

「おお、そうじゃ！　思い出したぞ」

第十五章

その晩《ばん》、言うまでもなく、ふたりはまったく眠《ねむ》れなかった。ユニコーン・ホテルで通されたのは、四方の壁《かべ》にビロードがはりめぐらされた広い部屋《へや》だった。小さい丸テーブル、時代ものの椅子《いす》、脚《あし》つきの鏡《かがみ》……と、いたるところに家具があふれ、ぶつかってひっくり返しそうだ。床《ゆか》はあまりにしっかりとワックスがぬられていたので、コルヌビックはスッテーン、スッテーンと、二度もたてつづけにころんでしまった。まったく、居心地《いごこち》が悪いったらありゃしない……。

コルヌビックとレムは、先ほどからずっと、真っ暗な部屋のなかの広場に面した窓辺《まどべ》に立っている。カーテンを少し開けさえすれば、そこから、ばば様の宮殿《きゅうでん》が見わたせた。宮殿の入り口の鉄格子《てつごうし》の門の前と、館《やかた》に続《つづ》く階段《かいだん》の上では、あいかわらず二十人ほどの衛兵《えいへい》が見張《みは》りをしている。

てっぺんの明かりをのぞき、明かりという明かりはすべて消されていた。コルヌビックはその宮《きゅう》殿《でん》から目をはなすことができずにいた。

「あそこにいるはずだ、ぜったい、あの部屋《へや》だ！　におうんだよ……。あのばあさんが見張《みは》っているにちがいない。ばあさんは、きっと不眠症《ふみんしょう》なんだ。そうだろ、レム？」

「フベン症……いや、ちがったかな。とにかく、ばあさんは眠《ねむ》れなくなっているってことじゃな」

「おそらくね。ようし、なにがなんでも力ずくで突破《とっぱ》してみせるぞ」

「そうだな、コルヌビック、力ずくで突破しろ。なにせ相手はたったの二十人じゃからな……。では、わしはここに残《のこ》って、おまえさんの応援《おうえん》をしていよう、いいな？」

「そんなバカな、ご冗談《じょうだん》でしょ……」

「冗談じゃないぞ。わしは力ずくで突破する気はない。もっと頭を使わんとな」

それを聞いて、コルヌビックは一瞬《いっしゅん》不安になった。だが、心配無用だった。というのも、次の朝、レムは上機嫌《じょうきげん》で目を覚《さ》ましてこう言ったんだ。

「やったぞ！　よいアイデアが浮《う》かんだぞ！」

「どんなアイデアだ？」

「いや、いまは言えん。とにかく朝食じゃ」

「で、それから？」

「それから、荷車を取りに行って、広場に置《お》くのじゃ」

「で、それから？」

「それからは、お楽しみ……ってところじゃな」

コルヌビックはレムにだまってついていくことにした。なんだかんだ言っても、ここまでは、運命の女神《めがみ》がほほえんでくれたじゃないか。レムでさえ幸運につきまとわれているように見える。だったら、これから先もなんとかなるかもしれないだろう？

ふたりは、ガランガランと音を立て、ヒイヒイ言いながら荷車を広場の敷石《しきいし》の上まで運んできた。ムナジロテンたちが、日を浴《あ》びながらのんびりと散歩《さんぽ》している。その姿《すがた》を見たコルヌビックはいたたまれなくなった。どうしたって、ムナジロテンの卑劣《ひれつ》な顔つきに慣《な》れることなどできなかったのだ。その黄色い悪魔《あくま》のような瞳《ひとみ》は、コルヌビックをいやでも恐怖《きょうふ》におとしいれる。通りかかるムナジロテンのほとんどが、コルヌビックとレムに、さげすむような視線《しせん》を投げかけてきた。あいつらはきっと、ぼくたちを、よっぽどみじめな者だと思っているのだろう。だが、レムはそんなことおかまいなしだった。

「よし、ここにしよう。広場のど真ん中、ばば様の像《ぞう》の下じゃ！」

「だいじょうぶかなあ」コルヌビックは心配になった。

「だいじょうぶじゃなければ、なんか言ってくるじゃろ。ほら、こっちだ！」

レムは荷車を、巨大《きょだい》なばば様のブロンズ像《ぞう》の真下に置《お》いた。それからびんをおおっていたシートをはずし、口笛を吹《ふ》きながらごちゃごちゃとした荷物の残《のこ》りをならべはじめた。杖《つえ》、折《お》りたたみ式テーブル、小さな鐘《かね》に、金庫がわりに使っているひしゃげた箱などなど。

「いったい、なにをしようってんだい？」コルヌビックがきいた。

「まあ、いいから。おまえさんは、とにかく助手をつとめてくれればそれでいい。たとえば、小びんを整理するふりをするとか、なんかあるじゃろ？」

コルヌビックは言われたとおりにした。荷車のうしろに行くと、鉛筆《えんぴつ》を取り出して、びんの名前を紙に書き写すふりをした。そうやっているうちに、コルヌビックもようやく落ち着いてきたんだ。すると、とつぜん、レムのかん高い声が広場に響《ひび》いた。

「みなさま、こちらをご覧《らん》ください！　ドクター・レムでございます。そうです、あの有名なドクター・レムでございます！　今回は特別《とくべつ》にみなさまの村まで足をのばしました。というのも、

みなさまに都会の最新薬《さいしんやく》をご紹介《しょうかい》するためです！　カランカラン（ここで鐘《かね》の音）！」

コルヌビックは、とても顔を上げる勇気《ゆうき》がなかった。それでも、数人のもの好《ず》きが足を止めているのだけはわかる。でも、このこわいもの知らずのレムは、いったいこれからなにをするつもりなんだろう？

「このわたくしめの移動型《いどうがた》研究所では、みなさま、よろしいですか？　バンバン（ここで荷車の荷台をたたく音）、どんな体のお悩《なや》みでも治《なお》すことができる薬が開発されております。胃炎《いえん》に歯痛《はいた》、肝臓《かんぞう》の機能低下《きのうていか》、お腹《なか》の張《は》り……カランカラン（またもや鐘の音）。どうぞ、このチャンスをお見逃《みのが》しなく、明日はもうわたくしめはここからはるか先の村に行かねばなりません。こんな症　状《しょうじょう》のかた、いらっしゃいませんか？　舌《した》のざらざら、口内炎《こうないえん》、頭痛《ずつう》、胸骨《きょうこつ》のずれ、内臓の肥大《ひだい》、便秘《べんぴ》……カランカラン（またまた鐘の音）。さあ、いらっしゃい、いらっしゃい」

コルヌビックは荷台の上のほうに顔を向けた。すると、ちょうどレムが、こちらに向かってウインクしているところだった。

「さあ、いらっしゃい。こんな症状にお心あたりのかたいらっしゃいませんか？　結膜炎《けつまくえん》ならぬ尻膜炎《ケツまくえん》、走りすぎによる水虫、左のくるぶしの痛《いた》み、ひざのおカラのひび割《わ》れ、いいですか、ひざのおカラのひび割れですよ！」

おいおい、レムのバカは、なにを言いだすつもりだ？

「わたくしめと助手がどんな病気も治《なお》してさしあげます。とくに、ひざのおカラのひび割《わ》れには特効薬《とっこうやく》がございます！」

コルヌビックは荷車の車輪《しゃりん》に自分の頭を打ちつけた。できることなら、耳をふさぎたい気分だ。

「みなさま、よろしいですか？　ひざのおカラのひび割れは、ふくらはぎをだめにすることもありますが、なんと言ってもダメージを受けるのは、ひざです！　たとえば、この小さな像《ぞう》をご覧《らん》ください……」

ばば様の巨大《きょだい》な像のことだ。小さな像だなんて！　その上、レムは、おそれ多くも自分の杖《つえ》をその像に向けて振《ふ》りまわした。今度こそ頭がおかしくなってしまったにちがいないぞ！　あと数秒もすれば、四十人もの衛兵《えいへい》が自分たちに襲《おそ》いかかり、手足をロープで縛《しば》り、体もぐるぐる巻《ま》きにし、牢屋《ろうや》にほうりこむにちがいない。そんなの、まだましなほうかもしれない。場合によっては……。

だが、不思議《ふしぎ》なことに、なにも起きなかったのだ。コルヌビックは集まっている人々のほうをちらっと見た。あごがしゃくれた宮殿《きゅうでん》の衛兵がひとり、野次馬《やじうま》にまじって、レム先生の演説《えんぜつ》に耳をかたむけている。調子づいたレムは、医学的説明《いがくてきせつめい》とやらを一生けんめい続《つづ》けている。

「ひざのおカラの筋《すじ》の骨《ほね》の組成《そせい》というものはですな、もろいのですよ。ですから、お年寄《としよ》りの場合には、とりわけ……」

そのとき、衛兵《えいへい》が進み出て、レムをさえぎると乱暴《らんぼう》な口調《くちょう》で言った。

「で、その薬ってのは、どんなもんなんだ？」

レムは、わざととんちんかんな返答をした。

「左のくるぶしの痛《いた》みの薬のことですか？」

「いや、そのあとで言ってたやつだ」

「ああ、ひざのおカラのひび割《わ》れね？」

「つまり、ひざのお皿のことだろう？」

「ああ、そうそう、ひざのお皿です。われわれ専門家《せんもんか》のあいだでは、〝ひざのおカラ〟とも言うのです。ギリシャ語から来てるんですがね……。で、お若《わか》いのにあなた様がその症状《しょうじょう》にお悩《なや》みで？」

コルヌビックの額《ひたい》に大粒《おおつぶ》の汗《あせ》が流れてきた。レム！　レム！　牢屋《ろうや》に入れられたぼくたちに、いったいだれが面会に来てくれるというんだ？　牢屋にはクモがいるかもしれないじゃないか？〝かぎ爪《づめ》を持つやつら〟は、牢屋にちゃんと食べ物を持ってきてくれるんだろうか？

衛兵はいらいらしてきたようだ。

「だから、ひざのお皿を治《なお》すのは、どのびんだ？」

「いえ、びんではありません。吸盤《きゅうばん》です！」

レム！　だめだ！　お願《ねが》いだからやめてくれ！　きっとやつらは、しょっちゅうぼくたちの牢《ろう》屋《や》にやってきては、足の爪《つめ》を一枚《まい》一枚はがすだろう！　一日一回来るかもしれないぞ！　あいつら、それぐらいのことやりかねない！　だから、やめてくれ！

衛兵《えいへい》は、とまどっているようだった。

「吸盤《きゅうばん》だと？　ひざのお皿を治《なお》すのに？」

まったくレムってやつは、なに考えてるんだ？　脳《のう》みそがグリュイエールチーズのかけらのように穴《あな》だらけなのは知っている。もの忘《わす》れがひどいということも。それにのんべえだってこともな。だけど、その図々《ずうずう》しさにかんしては、どこをさがしたってレムの右に出るものはいないだろう。なにせ、氷のように冷《つめ》たい表《ひょう》情《じょう》でつんとすました百人以上《いじょう》のムナジロテンを前に、口からでまかせでとんでもない演説《えんぜつ》をぶっているんだ！

「そうです、吸盤ですよ！　どうしてかって？　細かい科学的《かがくてき》な説明はここではひかえますがね。みなさま、お聞きください。吸盤は、その吸《す》いつき作用《さよう》によって……」

レムは、杖《つえ》でブロンズ像《ぞう》の体のいろいろな部分をさしながら、説明を続《つづ》けた。コルヌビックは気を失《うしな》いそうになった。

「しかるに、六歳《さい》のお子様でもおわかりいただけますように、これを使うと皮質《ひしつ》が強化《きょうか》されるわけです。すると相乗作用《そうじょうさよう》で、ひざのお皿はまるでバネのような運動を開始し、それにともない…

……」

コルヌビックは、絶望的《ぜつぼうてき》な気分になり、荷車のうしろにたおれこんでいた。だが、レムの演説《えんぜつ》のしめくくりを聞いたとたん、ようやく少し元気になった。

「そういたしますと、みなさまはまちがいなく、『レム先生、ありがとう！　レム先生、バンザイ！』と叫《さけ》びながら、若《わか》いウサギのようにピョンピョン跳《は》ねまわるでしょう。わたくしめの話はこれぐらいにいたしまして、あとは助手にまかせます。みなさまそれぞれの症《しょう》状《じょう》をおっしゃってください。そうすれば、この助手が症状に合ったお薬をお出しいたします。どうぞ押《お》し合わずに！」

人々はわれ先にと押し合った……なんてことはまったくなく、あたり一面、重苦しい沈黙《ちんもく》が続《つづ》いた。すると、例《れい》の衛兵《えいへい》が攻撃的《こうげきてき》な声でわめいた。

「おまえたちのインチキ芝居《しばい》もそれぐらいでいいだろう！　ほら、さっさと行け！」

コルヌビックはほっとして、そうっと起き上がった。野次馬《やじうま》たちも、みんないなくなった。ふたりとも、どうにか牢屋《ろうや》送りだけはまぬがれたようだ。とんでもないことにならずにすんだのだ。

「急げ、レム！　さっさと店をたたんで、逃《に》げ出そうぜ！」

「ああ、そうじゃな。あてがはずれたな……」がっかりしたインチキ医者が答えた。

「なに考えてたんだよ？　すぐに、ばば様の枕《まくら》もとに連《つ》れてってもらえるとでも思ってたのか？

おめでたいにもほどがあるぜ！」

ふたりが荷物をほとんどしまいおわったときだった。「さっさと行け」と命令《めいれい》した衛兵《えいへい》がまた近づいてきた。だが今度はわめかずに、遠慮《えんりょ》深げにこう言った。

「そこにいてくれないか？　すぐもどってくるから……」

「さっさと行けと言ったと思ったら、そこにいてくれないか、だと？　いったいどうなってんだ！」コルヌビックがぶつくさ言った。

衛兵は、宮殿《きゅうでん》のほうに去っていき、同僚《どうりょう》のあいだを過《す》ぎたかと思うと、柵《さく》を越《こ》えて、階段《かいだん》を上り、やがて姿《すがた》が見えなくなった。時間だけが過ぎていく。

「どうする？　石けり遊びでもしてるか？」レムがふざけて言った。

三十分ほどたったとき、かぶとをかぶったその衛兵の大きな頭がまた見えた。衛兵は、目立たないようにそっと広場を横切り、レムのところまでやってくるとささやいた。

「今晩《こんばん》十時に、建物《たてもの》の裏《うら》まで来てくれ。下のほうに木でできた小さなとびらがある。それを三回たたくんだ。そうしたら、そのとびらを開けて案内《あんない》する。〝あるおかた〟のところまで……」

「わかりました。助手といっしょに必《かなら》ずうかがいます」レムが答えた。

「いや、ひとりで来てくれ」

そう言うと、衛兵《えいへい》はきびすを返して行ってしまった。やったぜ！　レムは文字どおり有頂天《うちょうてん》だった。コルヌビックがおさえなかったら、イヤッホー！　と叫《さけ》んで、広場で踊《おど》りまくるところだっただろう。

「〝あるおかた〟のところ、だとよ！」レムがあごを突《つ》きだし、先ほどの衛兵の真似《まね》をしながら言った。「あのおバカは、〝あるおかた〟と言えば、わしがビビるとでも思ったのじゃろう。だが、わしはすでに、あの男の心をいとめたというわけじゃ。あいつはもう、ひと財産《ざいさん》つくったつもりじゃ。メダルと勲章《くんしょう》を授与《じゅよ》され、ほうびを与《あた》えられた気になっている。だれからかって？　そりゃ、決まってるわな。ばば様自身から、永遠《えいえん》に感謝《かんしゃ》されるのじゃ！　見たか、相棒《あいぼう》！　うまく行ったぞ！」

「落ち着けよ、レム！　もっと声を落としてくれ」

コルヌビックの忠告《ちゅうこく》もむだだったようだ。たしかにレムは、うまいことやったのだ。心配なことがあるとすれば、レムがひとりでやり抜《ぬ》かなければならないことだった。

コルヌビックとレムは、その日はずっとユニコーン・ホテルの一室に閉《と》じこもり、熱心《ねっしん》に話し合った。考えすぎて、ふたりの頭から湯気《ゆげ》が立っていたほどだ！

「よし、まとめるぞ！」コルヌビックが言った。もう十回以上も同じことを言っている。「まず、レムが、大きな往診《おうしん》カバンを下げて十時にそのとびらのところまで行く。衛兵がレムをばば様のところに連《つ》れていく。そのあいだ、どの廊下《ろうか》を通りどの階段《かいだん》を通ったか、しっかり覚《おぼ》えておくんだ。さもないと、部屋《へや》を出たら最後《さいご》、迷《まよ》ってしまって、もどれないかもしれないからな」

「コルヌビック、わしはそんなにアホに見えるか？」

「いいか、ばば様の宮殿《きゅうでん》に入ったら、治療《ちりょう》するために、ばば様とふたりっきりにしてほしいと言うんだ。できれば、ばば様の部屋でな」

「わかった。治療に集中したいとかなんとか言って……」

「そうだ。それからばば様に吸盤《きゅうばん》を取りつける」

「ああ。でも、行く前に、おまえさんでもう少し練習したほうがよくはないか？」

「必要《ひつよう》ない！　きょうの昼からだけでも、五十回はぼくで練習したじゃないか！　もう背中《せなか》が吸《す》いつかれたあとだらけだよ。だいじょうぶ、うまくやれてるって。まるで本物の医者に見えるぜ！」

「だといいが……」

「その先に行くよ。ばば様がうつぶせで寝《ね》ころんでいるあいだ、レムはピエと女の子ヤマネをさがすんだ。見つけたら、急いでカバンのなかにほうりこむ」

「で、かくすために、ふたをするんだな」

「そうだ。それから、ばば様にしばらくは動いちゃいけないと言うんだ。で、レムは逃《に》げてくる」

「衛兵《えいへい》に見つかったらどうする？」

「治療用《ちりょうよう》の器具《きぐ》を忘《わす》れたから急いで取ってくると言えばいい。で、衛兵たちには、ばば様をしばらくはそっとしておくように言うんだぞ！　そうしたら、行きと同じ道をたどって、ユニコーン・ホテルでぼくと落ち合うんだ」

レムはうなずいた。それからはげしく手をこすり合わせた。

「きっとうまくいく。失敗《しっぱい》するわけがない」

十時十分前、ふたりはホテルのロビーに下り、受付《うけつけ》にいるムナジロテンにチェックアウトを告《つ》げた。「ええ、とても居心地《いごこち》がよかったです、また必《かなら》ず来ますよ……」だが、請求書《せいきゅうしょ》を受け取ったとたんに、コルヌビックの顔がくもった。なんと、そこに書かれていたのは、コルヌビックがコンサートを五回やってもかせげないような金額《きんがく》だったんだ！

ふたりは裏庭《うらにわ》で別《わか》れた。コルヌビックは、裏庭の荷車の近くでレムを待つことにした。

「ぼくは、ここにずっといる。さあ、レム、行くんだ……いろいろ、ありがとう」

レムは、平べったいびんからごくごくと気つけ薬を飲むと、口のまわりをぬぐい、大きな往診《おうしん》カバンを肩《かた》からななめにかけた。

「いや、感謝《かんしゃ》するのはわしのほうじゃ。おまえさんと会ってから本当に楽しかった！」

「がんばって、レム。うまくいくことを願《ねが》ってる……」

「心配するな。チビたちを連《つ》れて帰ってくるぞ！」

コルヌビックは、レムを車寄《くるまよ》せのところまで送っていった。それから、レムが広場を横切り、宮殿《きゅうでん》のまわりを回って消えていくのを、じっと見送っていた。

第十六章

コルヌビックは待った。荷車の車輪《しゃりん》に背《せ》をもたれてすわったまま。コルヌビックは後悔《こうかい》していた。レムといっしょに〝かぎ爪《づめ》を持つやつら〟の街《まち》に足を踏《ふ》み入れて以来《いらい》、いつも一歩遅《おく》れを取っている。レムがすばらしいアイデアを考え、レムが危険《きけん》をおかし、そしていま、レムが殺《ころ》されるかもしれない。あんな戦場《せんじょう》に、たったひとりで送りこむべきじゃなかった……

宮殿《きゅうでん》の大時計が十一時を告《つ》げた。コルヌビックは、いてもたってもいられなくなった。立ち上がり、車寄《くるまよ》せの下まで行くと、レムが帰ってくるのを待った。家路《いえじ》を急ぐまばらな足音が、ひと気《け》のない広場の舗石《ほせき》の上で響《ひび》いている。宮殿の鉄柵《てっさく》の前と階段《かいだん》の上には、二十人もの衛兵《えいへい》が、身じろぎせずに見張《みは》りをしている。屋根の下では、ゆうべと同じ窓《まど》に明かりがともっている。レム、そこにいるのか？　どんな具合《ぐあい》だ？　ピエは見つかったのか？

コルヌビックはタバコを巻《ま》き、行ったり来たりし、車輪《しゃりん》に寄《よ》りかかってすわりこみ、そしてまた立ち上がった。すると、とつぜん、宮殿《きゅうでん》の窓《まど》の明かりが消えた。診療《しんりょう》は終わったのだ！　レムが帰ってくるぞ！

だがレムは帰って来なかった。十二時の鐘《かね》が鳴った。なんてこった、レム、なにしてるんだ！　どうして帰ってこない？　コルヌビックは不安で不安でしかたなかった。もうすぐ一時になるというときだった。ようやく動きがあった。宮殿のものものしい両開きのとびらが大きく開いたのだ。やせこけた人影《ひとかげ》が階段《かいだん》を下りてきて、驚《おどろ》いたようすの衛兵《えいへい》の前を通り、広場に出てきた。レムだ！　おいおい、もどる方向がまちがってるぞ。レムはぼうっとしているようで、人のいない広場でなにやらぶつぶつ言っている。コルヌビックは遠くから合図を送った。こっちだ！　こっちだ！　レムはようやくコルヌビックの姿《すがた》を見つけ、ちょこちょこと駆《か》けてきて、腕《うで》のなかにたおれこんだ。

「ああ、コルヌビック、とんでもないことをしでかしたようじゃ」

「うまくいかなかったのか？」

「たぶん、しくじった。安全なところに連《つ》れてってくれ。話をするから」

ふたりは、ユニコーン・ホテルの裏庭《うらにわ》の真っ暗なかたすみにうずくまった。レムはまだふるえている。コルヌビックはレムを励《はげ》ました。

「とにかく、ひと息つくんだ」

一分もすると、レムは少し元気になった。ちゃんと呼吸《こきゅう》ができるようになり、語りだした。

「最初《さいしょ》は調子がよかったんじゃ。まさしく、計画どおりだった。わしがとびらを三回たたくと、あごのしゃくれたあの衛兵《えいへい》がなかに入れてくれ、階段《かいだん》を上り、それから下りて、いくつか廊下《ろうか》を通り、厨房《ちゅうぼう》を横切り……まったくもって迷路《めいろ》みたいじゃった！　わしもなんとか道順《みちじゅん》を覚《おぼ》えようとしたんじゃ、だがしまいにはわけがわからなくなった。というのも、衛兵が、〝あるおかた〟についてあれこれ忠告《ちゅうこく》をしつづけるものだから。たとえば、そのかたを〝陛下《へいか》〟と呼《よ》んだほうがいいとか、話をするときは最上の敬語《けいご》を使えとか、その背丈《せたけ》についてはふれてはならない、とか。で、三分もすると、すっかり方角がわからなくなっていた。なんてこった！　これじゃひとりで外に出られないじゃないか。

しばらく行くと、宮殿《きゅうでん》の大きな部屋《へや》をいくつも抜《ぬ》けた。そうそう、大理石の階段は象《ぞう》を四頭横にならべられるほど広かったぞ。それに重さ三百キロはあろうかというシャンデリア、じゅうたんも見ものじゃった……。そしてなにより、すべての壁《かべ》に、ばば様の巨大《きょだい》な肖像画《しょうぞうが》が何十枚《まい》もかかっていたんじゃ！　それを見て、どうしてばば様の背丈について話しちゃいけないかがわかった。肖像画の画家は、額《がく》のなかにばば様をおさめるのに苦労《くろう》しているようじゃった。ばば様は、四方にはみだしているのじゃ。まるで大きなキリンといったところだな。

さて、それから衛兵《えいへい》とわしは、屋根の下のいちばん高いところにあるばば様の部屋《へや》に到着《とうちゃく》した。おまえさんが言っていたように、ここから見える光は、ばば様の部屋からの明かりじゃ。部屋の入り口で迎《むか》えてくれたのは、目からあごにかけて大きな切り傷《きず》を持つムナジロテンじゃった。このおろかな衛兵は、わしの耳もとでこうささやきおった。『ばば様を治《なお》せなかったら、血を見るぞ！』勇気《ゆうき》づけてくれてありがとうな……。

わしはついにその部屋に入っていった。そのとたん、ああ、どういうことじゃ！　幻覚《げんかく》を見てるんじゃないかと思った。というのも、ばば様とやらは、ちっぽけなアームチェアーに腰《こし》かけているのだが、その足は床《ゆか》にさえついていないんだ。信《しん》じられんほど小さいんじゃよ！　背《せ》の高さは、そうじゃな、せいぜいわしのひじから先ぐらいだ。脚《あし》もガリガリ。三角形の顔が、細い首の上でゆれている。ムナジロテンの侍従《じじゅう》がひとり、ばば様が眠《ねむ》る準備《じゅんび》をしている最中《さいちゅう》だった。だが、ばば様は、一生けんめい動きまわっているその侍従に向かって悪態《あくたい》をついている。とにかく怒《おこ》っているのじゃ！　まわりをちらっと見ると、そこにいる連中《れんちゅう》は全員、ひっかき傷にかすり傷、傷を縫《ぬ》ったあとまである。わしは思わず、ドアのところでかたまってしまった。わかるじゃろ？

また別《べつ》の侍従が、ばば様のところに行き、こう言った。『レム先生がいらっしゃいました。陛《へい》下《か》、会いますか？』すると、いきなり、ガリッ！　ばば様がそいつの頬《ほお》をひっかいたんじゃ。侍従の顔にみごとな四本の赤い筋《すじ》ができ、血がしたたり落ちた。あわれなムナジロテンは、すぐさまこう言い直した。『お会いになられますでしょうか？』

わしは自分に言い聞かせた。ああ、敬語《けいご》を忘《わす》れちゃいけないんじゃ！　敬語の苦手なわしとしては、危険《きけん》をおかさないためにも、口をつぐんでろ！　ってね。

ばば様が目を上げて、ついにわしを見た。なんて言ったらいいんじゃろう。まるで、シャツの下にマムシの大群《たいぐん》をはなたれたような気分というか、いや、塩酸《えんさん》をふりかけられたような気分かな。思うに、あいつは、赤アリとサソリをかけあわせてできた生き物じゃな。それから、わしは部屋《へや》のなかで治療《ちりょう》するように言われた。そりゃいい、まさしくそう願《ねが》ってたのだから。ふたりの侍従《じじゅう》が、アームチェアーの両側《りょうがわ》につき、ばば様をのせたまま運んでいった。わしは少し待たされた。すると、別の侍従が、わしにそばへ来るようにと合図したんじゃ。患者《かんじゃ》はもう準備《じゅんび》ができていてお待ちかねだ、とな。

　コルヌビック、わしは決して臆病者《おくびょうもの》ではないぞ。だが今回ばかりは、ドアを押《お》しながらびくびくしていた。ばば様は、だだっ広い部屋のなかで、自分の体の二十倍はありそうなベッドの上に、枕《まくら》を背《せ》に腰《こし》かけていた。レースのネグリジェ姿《すがた》で、おそろしい形相《ぎょうそう》でわしをじっと見た。わしは足をがくが

くさせながら近づき、敬語《けいご》を使って話しかけてみた。『陛下《へいか》、腹《はら》ばいになっていただくわけにいきませんでしょうかね？』言い方はまちがっていなかったようだ。とにかく、ばば様は怒《おこ》りださなかったのだ！　ただし、動かない。その瞬間《しゅんかん》わしはひらめいたのじゃ。わしはおもむろに、ばば様に向かって、あのとっておきの平べったいびんをさしだした。『ちょっとした気つけ薬ですが、いかがでしょう？』

やつは、びんのにおいをかいだかと思うと、ひと口、ふた口と飲んだ。で、コルヌビック、それからどうなったと思う？　あいつはなんと、グビグビグビグビ、全部飲みほしたんだ。びんが空《から》になるまで！　わしは、ばば様が炎《ほのお》を吐《は》きだすか、さもなければ爆発《ばくはつ》するんじゃないかと思ったよ。でもそんなことはなく、ばば様はまず小さなげっぷをした。ウップ！　そしてそのままうつぶせに横たわった。わしは、やつのネグリジェのボタンをはずした。ああ、なんて醜《みにく》いケダモノなんだ！　骸骨《がいこつ》のような背中《せなか》はうろこでおおわれているようじゃし、あばら骨《ぼね》は魚の小骨みたいだった。じゃあいったい、吸盤《きゅうばん》はどこにつけたらいいのだ？　そんな場所、ないじゃないか！あるとしたら小さな小さなおしりだけだ。

わしは、ばば様の両方のおしりにひとつずつ吸盤を押《お》しつけた。プワン！　プワン！　吸盤はちょうどおしり全体にかぶさった！　『少し動いてください。あ、ええ、あの、少し動いてくださらないでしょうか、陛下！』わしはばば様にそう頼《たの》んだ。だが、ばば様はすでに高《たか》いびきだった。わしの気つけ薬によって、完全《かんぜん》にのびてしまったのだ。わしは思った。よし、ここまではすべて計画どおりだ。では次に移《うつ》ろう。ええと、次に……」

レムは、そこで口をつぐんだ。うなだれて、ため息をついている。

「レム、なにがあったんだ、言ってくれよ」

「うむ。それが……いきなり、わしはなにをしにそこに来たのか、わからなくなってしまったのじゃ。ほら、例《れい》のキンボウ症《しょう》じゃ」

「健忘症《ケンボウ》だろ?」

「ああ、それじゃ」

レムの頬《ほお》をゆっくりと涙《なみだ》が流れていった。コルヌビックは、いまだかつてこれほど悲しげなレムを見たことがなかった。

「だいじょうぶだよ、レム。泣《な》かなくていいよ」

「吸盤《きゅうばん》は、ばば様の部屋《へや》に入るための口実《こうじつ》で、そこでなにか別《べつ》のことをしなければならないってことは、よく覚《おぼ》えていたんじゃ。なにか、おまえさんと約束《やくそく》した、とても大事なことだということも。でも、いったいなにを? チックショウ! なんだっけ? 〝忘《わす》れてしまう〟ってのは、まるで、壁《かべ》がくずれるみたいなものなのじゃ。あとには埃《ほこり》しか残《のこ》っていない。必死《ひっし》にさがしまわっても、むだなんじゃ」

「レム、かまわないって！　こっちを見ろよ」

「それでもわしは、ひょっとしたらなにか手がかりが見つかるかもしれない、思い出すかもしれないと考えて、部屋《へや》じゅうをさがしまわった。だがわしの頭は空《から》っぽだった。こうやっておまえさんに話しているいまでさえ、わしはそこでなにをすべきだったのか思い出せないのじゃ」

「ピエっていう名前の男の子のヤマネともう一匹、女の子のヤマネを救《すく》い出すはずだったんだよ。思い出した？」

レムは首を振《ふ》った。それを聞いてもまったく思い出せないのだ。

「かまわないさ。じゃあ、もう一度最初《さいしょ》から話すから。ポケットに穴《あな》が開いていて、お金を全部落としてしまったようなものさ。だからぼくがポケットをつくろって、なかにもう一度お金を入れるよ。それでいいだろ？　だったら、笑《わら》ってくれよ……」

レムはどうにかこうにかほほえんだ。コルヌビックは、もう一度、同じ言葉を使って話しはじめた。コウノトリのマルジーのこと、スタンリーからの手紙のこと、靴下《くつした》のなかの小さなピエのこと、ムナジロテンたちのこと、霧《きり》の夜のこと、すべてを……。レムは最後まで一生けんめい聞いていた。そして、鼻をグスグスいわせながら、つぶやいた。

「……おまえさんのかわいいそのおチビちゃんを、さがしに行かないとな。その女の子もな」

ふたりは口をつぐんだ。ホテルの客が裏庭《うらにわ》を通ったのだ。やがて、コルヌビックは、小声で言った。

「ところで、あんたはどうして正面のとびらから出てきたんだ？」

「わしは、衛兵《えいへい》を無視《むし》して部屋《へや》を出た。そうしたら迷子《まいご》になっちまったのじゃ。宮殿《きゅうでん》のなかをグルグルグルグル、あちらこちら歩きまわって、ついに正面の出口を見つけた。とびらを開けると、黙《だま》って通してくれた。あいつらは入る者はいちいち止めるが、出ていくものはどうでもいいのじゃ」

「そうだったんだ。もうひとつききたいんだけど、さっき、あんたを迎《むか》えにいったとき、『とんでもないことをしでかしたようだ』って言ってたけど、あれはなんのこと？」

レムは困《こま》った顔になった。

「どうしたんだよ？」

「うむ。わしがばば様の部屋を出ようと、大きな往診《おうしん》カバンを手にしたときのことだ。そのカバンを見たとたんに、とつぜんひらめいたのじゃ。ここでの目的《もくてき》というのは、なにかをこのカバンのなかに入れることだった、と。そう、そうじゃった。なにかをカバンのなかにかくして上からふたをすることになっていた！　なにかを、いや、たしか、だれかを……」

「レム、ちょっと待ってくれよ。いったいなにをしでかしたんだ？」

「うむ……。つまりその〝だれか〟といえば、その部屋にはほかにいないわけで……」

「レム！　あんたってやつは！　それで結局《けっきょく》……」

レムは、すまなさそうにうなずいた。コルヌビックは驚《おどろ》きのあまりしどろもどろにきいた。

「カ、カ、カバンのなかに？」

レムは、またうなずいた。

「カ、カ、カバンに入れたまま、二十人の衛兵《えいへい》のあいだを通ってきたって言うのか？」

レムは、またまたうなずいた。もどってきてからかれこれ一時間。そのあいだ、往診《おうしん》カバンはずっとレムのひざの上に置《お》かれている。

コルヌビックはそれ以上冷静《いじょうれいせい》に話もできなければ、身動きすることもできなかった。ハツカネズミがチューチュー鳴いているようなか細い声で、ようやくこう言った。

「レム！　つまり……そのカバンのなかに……あんたのひざの上に……あの、ば……」

「だいじょうぶじゃよ。完全《かんぜん》に酔《よ》っぱらってダウンしてるからな」

第十七章

小雪が舞《ま》っていた。コルヌビックとレムは広場を横切るのをさけ、ひと気《け》のない路地《ろじ》を選《えら》んだ。ふたりは石づくりの壁《かべ》に沿《そ》って、影《かげ》のようにするすると進んでいった。

「ところで、ばば様をもどす前に、その姿《すがた》をおがんでみる気にはまだなれんのか？」

「ああ」

「わからんな、コルヌビック！　ばば様が人々の前に姿をあらわすのは、年に一度のことだ。その姿をちらっとでも見ることができたよそ者は、数えるほどしかいないのじゃ。ところが、わしはそのばば様を持っておる。このカバンのなかにな。めったにないチャンスをみすみす逃《のが》すというのか？」

「ほっといてくれ。ばば様の姿なんか見たくもないよ！」

ふたりはようやく、建物《たてもの》の裏手《うらて》にある木のとびらのところまでやってきた。

「とびらが開かなかったら一巻《いっかん》の終わりだ」コルヌビックがつぶやいた。

これまでの人生、ピンチは何度もあったけど、今回ばかりは絶体絶命《ぜったいぜつめい》。どうか、この小さなとびらが開きますように！　お願《ねが》いだ……。まぬけなふたり組が通れるだけ、ほんの数センチでいい、自分たちのヘマのあと始末《しまつ》をしなけりゃならないんだから……。

もちろん、ばば様をユニコーン・ホテルの裏庭にかくし、そのまま逃《に》げて、この街《まち》をはなれるという手もあるだろう。だが、そうなりゃ、目を覚《さ》ましたばば様が大騒《おおさわ》ぎして、二百人もの手下たちが、すぐに追跡《ついせき》を始めるにちがいない。ほかに手はない。ばば様をもとの場所にもどすのだ！　それに、ピエをあの残忍《ざんにん》なばあさんのかぎ爪《づめ》のもとにほうっておくわけにはいかない。なにがなんでも取り返したい。このまま自分たちだけで逃げるなんて、どうしてできるだろう？

「わしは引き返すぞ！」レムが不機嫌《ふきげん》に言った。「そして今度こそ、おチビたちといっしょにもどってくる。わしのトサカに誓《ちか》ってな！」

ふたりは正面玄関《げんかん》を通るのをあきらめた。レムはそこから出てこられたが、入るのはそれほどかんたんではないのだ。裏口が唯一《ゆいいつ》のチャンスだった。コルヌビックは階段《かいだん》を何段か降《お》り、とびらのノブに手をかけた……。どうか、開いてくれ、お願いだ……。

だがとびらが開くようすはまったくなかった。万事休《ばんじきゅう》す……。

コルヌビックは両手のげんこつで、木製《もくせい》のとびらをゴンゴンとたたきはじめた。

「開けてくれ！　だれかいないのか？」

「むだだよ」レムがささやいた。「だが……」

「だが？」コルヌビックがうらめしげな声で言った。

「ひとつだけ、チャンスはある……。はったりをかますんだ！　それしかない！」

「はったり？」

「ああ。身をかくすことができない以上《いじょう》、堂々《どうどう》と姿《すがた》をあらわすしかあるまい！」

「どうやって？」

「まあ、見ておれ。いま一度、レム先生を信頼《しんらい》してくれるかね？　さあ、ついてこい！」

そう言ってレムは、大またですたすた歩きはじめた。コルヌビックはそのあとをついていった。

レムは宮殿《きゅうでん》を回って広場に出ると、まっすぐ衛兵《えいへい》のほうに進み出た。

「レム！　どうする気だ？　捕《つか》まるぞ……」

だが遅《おそ》すぎた。レムはすでに鉄柵《てっさく》のところ、オオカミの口のなかまで入りこんでいたんだ。

「なにか用かね？」槍《やり》を手にしたムナジロテンが呼《よ》び止めた。

「あらためましてこんばんは！　医者のレムでございます……。ばば様を返しにきました」

「なんだって？」

「ばば様を返しにきたんですよ。先ほど、わしのカバンに入れて外に連《つ》れ出したもので。覚《おぼ》えておらんのですか？　ですから、今度はもどしにきたんです……」

衛兵《えいへい》はうすら笑《わら》いを浮《う》かべたまま、同僚《どうりょう》のほうに向き直った。見張《みは》りの夜は長く感じる。だから、こうした気晴らしは大歓迎《だいかんげい》だ。

「ばば様をカバンに入れて連れてきたと言うのか？　それはご苦労《くろう》。おーいみんな、ここにいらっしゃるニワトリ先生と角を生やした太っちょのご友人が、カバンのなかになにを持っていると思う？　さあ、いま言ったことを、みんなに聞こえるように、もう一度大きな声で言ってみろ！」

「ばば様ですよ！」レムが声を張り上げて答えた。「カバンのなかにばば様がいるんです！」

この言葉は大うけだった。階段《かいだん》にならんだ二十人の衛兵が、いっせいにのどにひっかかるような声で笑いだしたんだ。衛兵たちは、苦しそうなぐらい、腹《はら》をよじって笑った。おそらく、笑うことに慣《な》れていないんだろう……。

レムは、なおも言い張った。

「ばば様がわしのカバンのなかにいると言ってるんです！　この寒さで、肺炎《はいえん》にでもなったら、どうします？　隊長《たいちょう》を呼《よ》んでください！」

この言葉に、衛兵たちはさらにかん高い声で笑った。息をつまらせ、あえぎながら腹をかかえている。

「たわ言はもうけっこう！」ついに隊長《たいちょう》が言った。「ここで命令《めいれい》を出すのはこのおれさ。とっと消えるんだ！」

レムはいらいらしはじめた。本気で頭にきたレムは、カバンを地面に置《お》くと二本の手をそのなかにさし入れ、ナイトキャップをつけた寝巻《ねま》き姿《すがた》のばば様を取り出した。そして腕《うで》をのばして老《ろう》婆《ば》を振《ふ》りかざすと、こうわめいた。

「じゃあ、これはなんだ？　なんに見える？　ソーセージの切れはしかね？」

陽気な雰囲気《ふんいき》は一瞬《いっしゅん》にして消え去り、おそろしいほどの静《しず》けさに包《つつ》まれた。雪が舞《ま》い落ちる音さえ聞こえてきそうなほどの沈黙《ちんもく》だった。二十人の衛兵《えいへい》が石像《せきぞう》のようにかたまり、隊長はといえば、驚《おどろ》きのあまり、あごがはずれそうになっている。

「コルヌビックよ」コルヌビックは心のなかで自分に言った。もしもこの危機《きき》を切り抜《ぬ》けて、老後、自分のひ孫《まご》たちにいまこの目で見ていることを語る機会《きかい》があったとしても、ひ孫たちは話を真《ま》に受けるなんて、ゆめゆめ思うなよ！　だって、考えてもみろ。ああ、そうだとも、ひ孫たちよ。ニワトリのレムはその手に〝かぎ爪《づめ》を持つやつら〟の女ボス、ムナジロテンの女帝《じょてい》、年に一度しか姿をおがむことのできない極悪非道《ごくあくひどう》な老婆を持っていたんだぞ……。場所はムナジロテンの都の広場、時刻《じこく》は真夜中。「そのとおり、これはソーセージの切れはしだ！」って、レムは叫《さけ》んだ。わしはレムのうしろにいた。サングラスをかけた太ったおやじに変装《へんそう》してな……。ひ孫《まご》はこう言うだろう。「はいはい、じいちゃん、その話信《しん》じるよ、信じるってば……」

ことの成り行きを見守っていたコルヌビックは、いたたまれなくなってきた。じっと身をひそめ、黙《だま》っていることなどできなかった。コルヌビックは、ついにこらえきれなくなった！　両《りょう》極端《きょくたん》な結果《けっか》のどちらが出るか、わからずにいるなんて。勝利《しょうり》の栄光《えいこう》を手にするか、はたまた、牢《ろう》屋《や》に入れられるか……。それに、〝角を生やした太っちょのご友人〟というのも聞き捨《ず》てならない。そこで今度は、コルヌビックが前に進み出て、大声でわめきはじめた。

「お聞きください、みなさま！　レム先生は寛大《かんだい》にも異例《いれい》の診察《しんさつ》として、陛下《へいか》を自身の荷車に迎《むか》え入れ、ええ、その、関節軟骨強化吸盤《かんせつなんこつきょうかきゅうばん》プワンプワン法《ほう》というむずかしい治療《ちりょう》をほどこし、それもつつがなく終了《しゅうりょう》いたしました。さあ、どうか通してください！　おわかりですか？　陛下があなたがたに通せんぼされたと知れば、あなたがたの耳をちょんぎるかもしれませんよ！」

コルヌビックは怒《いか》りで青ざめていた。脇《わき》にいたレムはあっけにとられるとともに、感動の目でコルヌビックを見つめた。ブラボー、相棒《あいぼう》！　実際《じっさい》に、コルヌビックのこのちょっとした演説《えんぜつ》はかなりの効果《こうか》をもたらした。隊長《たいちょう》の顔がみるみる色を失《うしな》っていったからだ。隊長はまだ迷《まよ》っているようだったが、やがてみんなのほうに向き直ると、力強い声で命令《めいれい》した。

「こいつらを通せ！」

ああ、どうにか切り抜《ぬ》けることができた！　コルヌビックとレムは、目を真ん丸にして道を開《あ》けている衛兵《えいへい》たちのあいだを、大急ぎで通りすぎた。そのあとを、隊長《たいちょう》が追いかけてくる。次々にドアを開け、ふたりはひと気《け》のない大広間にどやどやと大きな音を立てて入っていった。こそこそするのはもうやめだ！

「おーい」とレムが大声を張《は》り上げた。「だれかおりますかな？」

召使《めしつか》いたちがあわてて走ってきた。

「陛下《へいか》の部屋《へや》まで案内《あんない》してください」コルヌビックが言った。「陛下をベッドに寝《ね》かせにまいりました」

数分後には、宮殿《きゅうでん》じゅうがニワトリ小屋のような大騒《おおさわ》ぎになった。信《しん》じられないニュースを聞きつけて、ドアというドアからムナジロテンたちが姿《すがた》をあらわした。ばば様が大きなおしゃべりニワトリの胸《むね》にかかえられ、宮殿の広間を横切っている、しかも……眠《ねむ》ったまま！　そのとおり、ばば様はすやすやと眠っていた。レムは、それを左腕《ひだりうで》に、まるで赤ちゃんのように抱《だ》っこしていた。ばば様は穏《おだ》やかなようすでほほえんでいた。親指をチュパチュパ、いまにもおしゃぶりしそうだ。

「さあ、どけ！　レム先生と助手のかたをお通ししろ！」行く先々の廊下《ろうか》や階段《かいだん》で、隊長は大声を張り上げた。

そんな具合《ぐあい》に一行《いっこう》は、ようやくばば様の巨大《きょだい》な寝室《しんしつ》までやってきた。寝室に着くとすぐに、レムはベッドにばば様を寝《ね》かせ、毛布《もうふ》をかけてその体をぴったりと包《つつ》むと、居合《いあ》わせたムナジロテンに向かって言いはなった。

「ご安心くだされ。わしは陛下《へいか》にかんたんな治療《ちりょう》をほどこしてさしあげました。経過《けいか》は順調《じゅんちょう》です。われわれが陛下のそばについて看病《かんびょう》いたしますから、あなたがたはお休みくださってけっこうです！」

わけがわからないまま、ムナジロテンたちはその言葉にしたがうしかなかった……。

静《しず》けさがもどってきた。薄暗《うすぐら》い寝室のなかに残《のこ》ったのは、コルヌビックとレムだけだった。燃《も》えさしのロウソクがナイトテーブルの上であたりを照《て》らしている。ばば様はぐっすり眠《ねむ》っている。

「レムはばば様のそばにいてくれ」コルヌビックが耳打ちした。「万が一に備《そな》えてね。ぼくは部屋《へや》をさがしてみる」

「わかった。このロウソクを使え」

コルヌビックは整理ダンスをあさり、布切《ぬのき》れやシーツをめくってみた。おい、どこにいるんだ、ぼくのチビすけは？　あのばあさん、いったいどこにかくしたんだろう？　コルヌビックは箱を開け、引き出しをのぞき、カーテンの裏《うら》をまさぐった。どこにもいない。洋服ダンスのてっぺんをのぞこうと、アームチェアーの上に立ち、ガリガリの体で背《せ》のびしていたちょうどそのとき、レムの心配そうな声が聞こえてきた。

「コルヌビィーック！　急げ、急ぐんだ！　ばば様が目を覚《さ》ましそうじゃ！」

「本当か？」

「ああ。早くしろ！」

コルヌビックは急いでベッドまでもどると、ロウソクを突《つ》き出して確認《かくにん》した。たしかに、いまにもばば様の目が開きそうだ。

「あちゃちゃ」コルヌビックはうめいた。「どうしよう？」

「わからん……。なぐりたおすか？」

「そうだな。でもなにを使って？」

ふたりは、ヘビのようにいまわしいばば様の頭をたたき割《わ》るのにちょうどいい重さのものを、必死《ひっし》になってさがしはじめた。だが、時すでに遅《おそ》し。ばば様は片目《かため》を開け、まだ弱々しいかすれ声を出した。

「レム先生？」

まだ、ぼうっとした笑《わら》いが、ばば様の口もとにただよっている。どうやら、レムとコルヌビックをすぐにバラバラにするつもりはなさそうだ。

「はい、奥様《おくさま》……いや、殿下《でんか》。なんなりと……」

老婆《ろうば》はもう一方の目も開けた。

「そこにいるのは？」

「助手のコルヌビックでございます」

「よくおいでくださいましたね、コルヌビックどの……」

ばば様は驚《おどろ》くほどはっきりとした発音で言った。不自然《ふしぜん》なくらいていねいな言葉づかいだった。いったいなにをたくらんでいるのだろうか？　しっぽを踏《ふ》まれた猫《ねこ》が顔に爪《つめ》を立てるように、とつぜん荒《あ》れ狂《くる》うんじゃないだろうか？　いきなりのどもとに襲《おそ》いかかってくるのでは？　だが、そんなことはまったくなかった。ばば様は、「ふう」と小さくため息をもらすと、やせこけた手でベッドのへりをポンポンと軽くたたいたんだ。

「もっとこちらへ、先生。ほら、そこ……あたしのそばにおすわりになって……」

レムがゆっくりと近づき、半分腰《こし》を浮《う》かせたままベッドの上に腰かけた。ワニがうじゃうじゃいる穴《あな》に下りてゆくほうがまだましな気分だった。

「先生の名前を教えてちょうだい」

「は？」

「苗字《みょうじ》じゃなくて名前のほう。先生にも名前ぐらい、あるでしょ？」

ばば様は、親愛《しんあい》の情《じょう》をこめた甘《あま》ったるい声で言った。

「ねえ、名前はなんていうの？」

「アドルフィーノです……」レムが歯切れの悪い口調《くちょう》で告《つ》げた。トサカが真っ赤になっている。恐怖《きょうふ》を覚《おぼ》えていたにもかかわらず、コルヌビックは吹《ふ》きだしそうになって必死《ひっし》でこらえた。〝アドルフィーノ〟だって！　なんてチャーミングな名前！　レムときたらまったく、こんな愛《あい》らしい名前をいままで教えてくれなかったなんて、水くさいにもほどがある！

「アドルフィーノ……」うっとりとした声でばば様がくりかえした。「これからはこう呼《よ》ばせてもらおうかしら？」

「ええ、お好《す》きなように、陛下《へいか》」しぶしぶといった調子で、レムが答えた。

それからばば様は、骨《ほね》ばった腕《うで》をのばし、ベッドの頭のところにぶら下がっているひもを引っぱった。するとすぐに侍《じ》従《じゅう》がドアに鼻面《はなづら》を突《つ》き出した。

「お呼びになられましたか、陛下？」

「ああ、そうさ。明かりをともして、至急《しきゅう》、あたしの侍医《じい》を全員、この寝室《しんしつ》に呼んでもらおうと思ってね。ひとり残《のこ》らず来させるんだよ！」

コルヌビックとレムはいったいなにごとかと、思わず目配《めくば》せしあった。ばば様はどういうつもりだ？　最悪《さいあく》だ。どんな危険《きけん》が待ってることやら……。こうなりゃ、骨折覚悟《こっせつかくご》で窓《まど》から飛《と》び下り、闇《やみ》にまぎれて逃《に》げだすしかないか……。

一番乗りの医者がおずおずとドアを押《お》した。すると、すぐにふたりめもやって来た。ばば様は枕《まくら》を背《せ》もたれにして上体を起こしている。そして、手で合図した。〝さあ、もっと近づきなされ……〟少しずつ、ばば様の表情《ひょうじょう》が変《か》わっている。先ほどまでのやさしい笑顔《えがお》と甘《あま》さがすっかり消えている。お湯が沸騰《ふっとう》直前にまで熱《ねっ》せられ、フルフルと波打ちはじめたとでもいうような……。かぎ爪《づめ》をむき出し、息づかいが速くなり、鼻息も荒《あら》くなった。すでに十二人の医者が到着《とうちゃく》していたが、まだまだやって来た。コルヌビックはその数を数えてみた。十五、十八、いや二十七！　ばば様には二十七人もの侍医《じい》がいるんだ！　侍従《じじゅう》が最後の医者の到着を待ってドアを閉《し》めた。たえられないほどの静《しず》けさのなかで、ばば様はベッドの上でゆっくりと身を起こした。そしてとつぜん、怒《いか》り狂《くる》ったうなり声を出した。

「このヤブ医者どもめ！　役立たず！」

恐怖《きょうふ》に凍《こお》りついているムナジロテンたちに向かって、ばば様は目を血走らせたまま、おそろしいののしりの言葉を次から次に浴《あ》びせかけた。あわれな医者たちは、ムチのように空気を切って振《ふ》り下ろされるかぎ爪をさけようと、壁《かべ》にへばりついた。

「もう何年も一睡《いっすい》もしてないんだぞ！　もう何百年も眠《ねむ》れなかったんだ！　それなのに、おまえたちはあたしになにをしてくれたと言うんだ？　胸《むね》の悪くなるような薬や、とんでもなくまずいシロップをたんまり飲ませただけで、ぜんぜんきかなかったじゃないか！　腹《はら》くだしの薬を飲ませて、血をとって、薬づけにして……。なんのために？　なんにもならなかったじゃないか！」

ばば様はベッドの上ではげしい身ぶりをしながら、怒《いか》りにわれを忘《わす》れていた。ネグリジェがはだけ、やせこけた脚《あし》とはれあがったひざが飛《と》び出している。

「レム先生は、ものの数秒であたしの病気を理解《りかい》し、ちゃんとした薬を与《あた》えてくれたのさ！　十万夜めにして初めて眠ることができたんだ。おい、ちゃんと聞いてるのかい？　ね・む・れ・た、んだよ！　これからは、このレム先生があたしの主治医《しゅじい》だ！　コルヌビック氏《し》はその助手。おまえたちはみんなクビだ！　あたしの前から消えうせろ！　この国からとっとと出ておいき！　もしもあたしが生きているあいだに、おまえたちをひとりでも見かけたら、ひどい目にあわせるから、覚《おぼ》えておおき……」

コルヌビックとレムは、他人ごととはいえ、ばば様の口から出る脅《おど》し文句《もんく》にぞっとした。ばば様はわめきながら、〝頭をひっこ抜《ぬ》く〟だの、〝腕《うで》と脚を結《むす》び合わせる〟だの、〝自分のはらわたを食《く》わせて、吐《は》かせて、それをまた食わせる〟だの、〝目玉をひっくり返す〟だのといった、おそろしい仕打ちを医者たちに誓《ちか》った。このほかにもたくさんの刑罰《けいばつ》を口にしたが、ここに書くのもはばかられるようなしろものだった。残念《ざんねん》だがこのぐらいにしておこう。恐怖《きょうふ》にかられた医者たちはあわてふためき逃《に》げていった。最後《さいご》のひとりが階段《かいだん》をころげ落ちる音が聞こえたとき、頭に血が上《のぼ》ったたばば様は、命をかけてまだこんなふうに誓っていた。「肝臓《かんぞう》をおしりの穴《あな》から引っぱり出してやる！」

第十八章

「あ　あ、あたしのかわいいアドルフィーノ……」

「は、はい、陛下《へいか》」

ばば様は自分の口から出たおそろしい脅《おど》し文句《もんく》に疲《つか》れはて、ふたたびベッドに横になった。レムがすかさず、毛布《もうふ》を首まで引き上げる。

「陛下、どうぞお休みください。そばにおりますので……」

「あの、いい気持ちにしてくれる気つけ薬はまだ残ってる?」

「もちろんですとも、陛下」

レムは抜《ぬ》け目なくいっぱいにしておいた、平べったい例《れい》のびんをさしだした。ばば様は少し体を起こすと、それを半分飲み、ひと呼吸《こきゅう》おいてから、残《のこ》りをグビグビと飲みほした。

「手をにぎってちょうだい、アドルフィーノ……」

ばば様は、もうろうとしながら目を閉《と》じた。

「愛《あい》してるわ……心から……先生はなんて……ウップ……ハンサムなの……コルヌビック氏《し》のほうもなかなか……ヒック……またちがった魅力《みりょく》が……でも、あたしは先生のほうがタイプね、アドルフィーノ……恋人《こいびと》はいるの？……あたし……」

ばば様は眠《ねむ》りに落ちた。

レムはばば様から身をはなすと、不愉快《ふゆかい》そうに手をこすった。なんて汚《けが》らわしいケダモノなんだ！　コルヌビックとレムはさらに数秒ようすを見ていた。ばば様はすでにいびきをかきはじめている。しばらくのあいだは、静《しず》かに仕事ができそうだ。

ようやく捜索再開《そうさくさいかい》。レムは広場側《がわ》の部屋《へや》を、コルヌビックは裏手《うらて》に面する部屋をさがすことになった。

「なにか見つけたら教えてくれよ！」

「オーケー。そっちもよろしく」

ふたりは手にロウソクを持って、それぞれの側に分かれた。コルヌビックはまず、となりの部屋に入った。ベッドのなかや下をさがし、引き出しを空《から》にし、シーツなどの布《ぬの》をひっかきまわした。ぼくのおチビちゃんはどこだ？　あいつはきみをどこにかくしてしまったんだ？　居間《いま》では、ソファーや長椅子《ながいす》をひっくり返し、クッションを持ち上げ、カーテンをゆすった。いない。ピエはどこにもいなかった。いれば、すぐにそれを感じるはずだ。

奥《おく》のドアを開けると、広い回廊《かいろう》に出た。コルヌビックはその回廊を進んでいった。木製《もくせい》の額《がく》におさめられた歴代《れきだい》のばば様の巨大《きょだい》な肖像画《しょうぞうが》が、さげすんだような目つきで、通りすぎるコルヌビックを見下ろしている。コルヌビックはひとつめのドアを開けた。浴室《よくしつ》だった。タオルの山をくずし、戸棚《とだな》に手をつっこんでみた。いない。それから回廊にもどると、別《べつ》のドアを開けた。どこにもピエがいなかったら？　そう思うと、胸《むね》がしめつけられた。ピエなしでここを去ることになるのだろうか？

とうとう、最後《さいご》のドアまで来てしまった。そうっと開けてみる。小さな部屋《へや》だった。ほうきやモップ、ぞうきん、バケツ……。棚、天井《てんじょう》、そしてまた棚……。すると、棚の上に、白いふきんが！　ああ、ピエだ、ピエにちがいない！　見つけたぞ！　このなかだ！　ふるえる指が、まちがいないと教えてくれる。心臓《しんぞう》が破裂《はれつ》しそうだ。コルヌビックは、脚立《きゃたつ》の二段《だん》めによじのぼり、布《ぬの》をつかんだ。ああ、どうかぼくの弟がこのなかで小さく身を丸めていますように！　どうか、このなかにきみがいますように！　きみがいないなら、宮殿《きゅうでん》が頭の上でくずれ落ちるほうがいいぐらいだ。ムナジロテンの牢屋《ろうや》で一生を終えるほうがまだましだ。きみなしでは、ぜったいここを離《はな》れないぞ。

ピエはいた。

なつかしい鼻面《はなづら》、重ね合わせた小さな手、ぴっちり閉《と》じたまぶた。コルヌビックの喜《よろこ》びようといったら！　だが、掃除《そうじ》用具室はその喜びを表現《ひょうげん》するにはせますぎた。コルヌビックは壁《かべ》にぶつかり、ドアを見失《みうしな》い……。

「レム！　レム！　いたぞ！」

回廊《かいろう》をつっ走り、居間《いま》を横切って、やっとレムと合流した。レムもばば様の寝室《しんしつ》にもどってきたところだった。

「レム、ピエを見つけたぞ！」

「本当かい？　見せてくれ！」

コルヌビックはふきんをめくった。

「ほら、言ったとおりだろ？」

それからふたりは、さらに一時間、今度は女の子のヤマネを必死《ひっし》になってさがした。だが、いない！　どうしても見つからない。どこかちがう場所にかくされているにちがいない。とりあえずはあきらめて、この場から逃《に》げるしかなさそうだ。衛兵《えいへい》たちはもちろん、ふたりを通してくれるだろう。この上、レム先生を怒《おこ》らせるようなことになったら大変《たいへん》だからな。なんといっても、

陛下《へいか》おかかえの医者なのだ。だが、朝が来るまで、ムナジロテンたちにはふたりがまだ宮殿《きゅうでん》のなかにいると思わせておいたほうがいい。そのほうが逃《に》げるための時間かせぎができる。

そこでふたりは、こっそり逃げることにした。回廊《かいろう》の奥《おく》に、宮殿の裏手《うらて》の小道に通じる窓《まど》があった。コルヌビックは、サングラスと、太って見せるために上着の下につめていたクッションをはずした。もう必要《ひつよう》ないだろう。そして、レムが短いはしごをかけ、コルヌビックが上《のぼ》った。

「壁《かべ》はツタにおおわれているぞ！　それを使って降《お》りるから、ピエをくるんだ包《つつ》みを投げてくれ……」

コルヌビックはいちばん太い枝《えだ》にしがみついた。あやうく落ちそうになったが、すんでのところで枝《えだ》をつかみ、アクロバットのような動きでなんとか下までたどりついた。そして着地すると、ヒューッと指笛を鳴らして合図した。

「おい、いいぞ！」

その声を聞いたレムが言った。

「わかった。きちんとキャッチしろ！」

白い布《ぬの》の丸い包みが窓から投げ落とされた。この夜、ありとあらゆるものが白かった。ふたりのささやき声も白い息となったし、舞《ま》い落ちる雪も白かった。そして小さなピエを包む布の白……。包みが落ちてくるまでの時間はわずかだった。だが、コルヌビックはその瞬間《しゅんかん》を一生忘《わす》れな

いだろう。空をあおぎながら、顔の上で溶《と》ける無数《むすう》の冷《つめ》たい雪のかけらにまじって、ひときわ大きな白いかたまりが自分に向かって落ちてくるのが見えた。ピエが空から降《ふ》ってくるのは、二度めだ。コルヌビックは腕《うで》でつくったゆりかごのなかにピエを迎《むか》え入れた。ぼくのかわいいピエ！　ぼくの大事なおチビちゃん。

「あんたの番だ、レム！　降《お》りてこい！」

「ちょっと待っとくれ！　すぐ行く」

コルヌビックは壁《かべ》のくぼみに背《せ》を寄《よ》せた。小さなピエをあたたかいシャツの下に入れ、大きな黒いオーバーの前をしっかり閉《し》めた。寒さに手がかじかむ。白く輝《かがや》く夜にクルクルと舞《ま》い落ちる雪。コルヌビックはまるで催眠術《さいみんじゅつ》にでもかけられたような気分だった。立ったまま眠《ねむ》ってしまいそうだ。だが、レムはなかなか降りてこなかった。いったい、上でなにをしてるんだ？

「おーい！　受け取ってくれ！」

コルヌビックはびっくりして飛《と》び上がった。急いで窓《まど》の下に行き、ぎりぎりのタイミングで、飛んでくる二番めの包《つつ》みを受け取った。それはピエの包みよりもゆっくり落ちてきて、さらに軽かった。

「任務完了《にんむかんりょう》！」レムがささやいた。なんだかうれしそうな声だ。「わしも降りてゆく。ユニコーン・ホテルで落ち合おう！」

コルヌビックは布《ぬの》をちょっとめくってみた。うわぁ、なんてかわいいんだ！　女の子だぞ！　ピエに似《に》ているが、もっと小さい。かわいいレースのえりをつけているぞ！　よかったな、悪趣《あくしゅ》味《み》な服なんか着せられないで！　コルヌビックはその子を、やっぱりシャツの下、ピエのとなりのあたたかい場所にしまうと、ユニコーン・ホテルに向かった。

頭に雪を積《つ》もらせたレムが、数分遅《おく》れてやってきた。ニコニコ笑《わら》っている。

「言っただろ、相棒《あいぼう》。作戦《さくせん》その一、居場所《いばしょ》を見つける。その二、奪《うば》い返す。で、その三は？」

「その三は、逃《に》げる、だ！　やったぞ、レム！　あんたは最高《さいこう》のニワトリだ！　ところで女の子はどこにいたんだ？」

「信《しん》じられんだろうが、捜索《そうさく》を打ち切ろうとしたその瞬間《しゅんかん》、ばば様のベッドのまんなかのふくらみを思い出したんだ。前々からなんだろうと不思議《ふしぎ》に思ってた。なんと、あのばあさんは、女の子を湯たんぽがわりに使っていたんだ！　老《お》いぼればあさんは、冷《ひ》え性《しょう》だったのじゃ……」

「なるほど……あんたにとっても最後にひと目、ばば様を見るチャンスだったんだね、アドルフィーノ……」

「やめとくれ！」

「おい、元気を出しなって……。ラブレターでも書けばいいじゃないか……」

「やきもちか、コルヌビック？」

荷車の準備《じゅんび》をしながら、ふたりは頭がおかしくなったみたいに大笑《おおわら》いした。だって、そのときのふたりは、それぐらい興奮《こうふん》していたんだ。

第十九章

ムナジロテンのアストリッドは自分の持ち場へ向かった。朝の三時。街《まち》の門の見張《みは》り小屋で歯をガタガタ鳴らしている同僚《どうりょう》と、交替《こうたい》する時間だ。

「どう？　変《か》わったことは？」

「ぜんぜん。この寒さ以外《いがい》はね……」こごえきった同僚が返事した。「じゃあ、よろしく……」

アストリッドは制服《せいふく》の上着のなかで身をちぢこまらせた。それから、冷《ひ》えこんではいるものの静《しず》かな夜の見張りに立つことにした。こんなひどい天気の夜に城壁《じょうへき》の外をほっつき歩こうなどというやつがいたら、それこそ驚《おどろ》きだ。

ところが、そのとき、雪のなかをふたつの人影《ひとかげ》が近づいてきた。おいおい、だれだ？　だが見知った顔だった。ああ、きのう、反対側《がわ》からやってきた、あの図々《ずうずう》しい男たちだ。荷車を引いて先頭にいるのが、医者のレム先生。で、もうひとりのほうは……おや？　めがねをかけていたはず。腹《はら》ももっと出ていたのでは……。ちょっと尋問《じんもん》してみよう……。

「こんばんは」アストリッドは車道の真ん中まで進み出た。

「こんばんは」とレム。「医者のレムです。巡回診療《じゅんかいしんりょう》に来ていました。覚《おぼ》えておられんのですか？」

「いいえ、覚えてますよ。で、こちらのヤギは？」

「助手です」

「やせたんですか？　それに、目もよくなった？」

「ええ、と申しますの……」

「と申しますのも、は必要《ひつよう》ない。さあ、引き返せ！　通行を禁《きん》じる！」

アストリッドは〝通行を禁じる〟のが大好《だいす》きだった。なのに、あまりにもその機会《きかい》が少なすぎる。衛兵《えいへい》のだいご味は、なんと言ってもこのセリフにつきるというのに。〝通行を禁じる！〟、なんて気持ちのいいセリフだろう。冷《つめ》たくそう告《つ》げられた相手はしぶしぶながらも引き返すしかないのだ。この言葉を言ったあとは実に爽快《そうかい》な気分だった。なんだか、前よりも優秀《ゆうしゅう》な衛兵になったような気がする……。

もちろん、アストリッドはこの機会《きかい》を逃《のが》さなかった。そこでもう一度、おそろしい声で命令《めいれい》したんだ。うっとりとしながらね。

「通行を禁《きん》じる！」

だが、アストリッドは、ヤギの動きに注意しておくべきだった……。気がついたときには手遅《ておく》れだった。二本の角のついた、まさしく砲弾《ほうだん》のようなしろものが、こちらに向かって突進《とっしん》してきた。アストリッドは、「グェーーーー！」という叫《さけ》び声とともにふっとばされて、城壁《じょうへき》を越《こ》え、雪の上にうつぶせに着地した。

そして自分のそばを、ガタンゴトン、ガタンゴトン、荷車が音を立てて通りすぎるのを、まるで夢《ゆめ》のなかのできごとのように聞いた。「さようなら」とアストリッドがモゴモゴとつぶやくと、闇《やみ》夜《よ》を遠ざかるふたつの声も、礼儀《れいぎ》正しく「さようなら」と答えた。

アストリッドが意識《いしき》を取りもどしたのは、街《まち》の鐘《かね》が朝の四時を打ったときだった。まだよろよろとしながら起き上がり、上官《じょうかん》たちへの報告《ほうこく》を頭のなかでさっそく用意しはじめた。「通行を禁じるときちんと命令したんですよ、隊長《たいちょう》。でも、その大きなヤギに

は聞こえなかったみたいで……」

その後数分のあいだに、ムナジロテンたちはこの災難《さいなん》の被害《ひがい》がいかに大きいかに気づいた。ヤマネの子が二匹《ひき》とも消えている！　宮殿《きゅうでん》じゅうに警戒態勢《けいかいたいせい》が敷《し》かれた。てんやわんやの大騒《おおさわ》ぎになったとなりの兵舎《へいしゃ》から、寝《ね》ぼけまなこの衛兵《えいへい》が十人ばかり、飛《と》び出してきた。衛兵たちはズボンのボタンをとめながら広場に整列した。だが、意外なことに、衛兵たちが大声でしかられることはなかった。事実、今回だけは上官《じょうかん》たちもどなりちらすのをひかえていたからだ。上官たちもそこまでおろかではなかった。だって、ヤマネの子どもたちを取り返さないうちにこのことがばば様に知れてしまったら、八つ裂《ざ》きにされかねないのだから……。

第二十章

ヤギのコルヌビックとニワトリのアドルフィーノ・レムは大急ぎで逃《に》げだした。あわれなアストリッドを突《つ》き飛《と》ばして以来《いらい》、もう時間がないことはわかっていた。のんびり観光《かんこう》気分でいる場合じゃない。狩《か》りが始まるのも時間の問題だ。ハイドー！　ハイドー！　その狩りで追われているどでかい獲物《えもの》――それこそ、ぼくたちなんだから！

荷車を引っぱっていてはとうていスピードが出ない。ふたりはしかたなく、荷車を雪のなかに捨《す》てていくことにした。

「手ばなすのはつらくないか？」

「ふん、ただの荷車さ……。命を捨《す》てるほどの値打《ねう》ちはない……」

ふたりは、ちょっとした食糧《しょくりょう》やあたたかい服といった、最低限必要《さいていげんひつよう》なものだけを身につけた。

さらに、レムは平べったいびんを満杯《まんぱい》にし、コルヌビックはバンジョーを荷車からはずした。そして夜明けに山越《やまご》えを開始。前の日よりも大変《たいへん》な道のりだった！　それもそのはず、今回はまず山を下りるのではなくて、登らなくちゃならないんだから！　それにひざまで雪が積《つ》もっている。コルヌビックは三百メートルごとに立ち止まり、遅《おく》れているレムを励《はげ》まさなければならなかった。

「がんばれ、先生！　頂上《ちょうじょう》が見えるぞ！」

「おまえさんはここ何時間も、『頂上が見える』って言いつづけてるじゃないか！　もう信《しん》じられん……」

ふたりはお昼ごろ、へとへとに疲《つか》れきった体で頂上に着いた。それから、ひと息ついただけで、今度は山を下りはじめた。だが、斜面《しゃめん》を下りるのに、脚《あし》ではなくおしりを使うことのほうが多かった。ようやく雪をいただく山をあとにしたときには、すでに夜になっていた。レムはこの日のスケジュールに文句《もんく》たらたらだった。風邪《かぜ》を引き、ひどく咳《せ》きこんでいた。

そしていま、はてしない平原を、ふたりして息を切らしながら進んでいる。雪こそないものの、夜の闇《やみ》がふたりを飲みこんでいた。満足《まんぞく》な休みもとらずに、黙々《もくもく》と脚を動かしつづけ、丸一日がたとうとしている。ほら、がんばれ！　ダメだよ、レム。立ち止まって眠《ねむ》るんじゃない。やつらは起きてるぞ、やつらは……。沼地《ぬまち》までたどりつけばなんとかなるはずだ。そうすれば、だいじょうぶ。知ってるんだ、やつらは泥《どろ》んこのなかまでは追いかけてこない。なにしろ、お上品《じょうひん》なかたがただからな。

夜どおし歩きつづけたせいだろうか、それとも、疲《つか》れや空腹《くうふく》や熱《ねつ》のせいだろうか？　とにかく、レムの例《れい》の病気が少しばかりぶり返したんだ。コルヌビックから十メートルほど遅《おく》れていたレムが、とつぜん、こんなことを口にした。

「おい、コルヌビック！」

「なんだ？」

「なんでこんなに急いでる？　あわてる理由などなかろうに！」

「なんだって？　〝かぎ爪《づめ》を持つやつら〟に、トサカをひっこ抜《ぬ》かれたいのか？」

「だれにだって？」

コルヌビックははたと立ち止まり、レムが追いつくのを待った。

「〝かぎ爪を持つやつら〟だよ、レム……。覚《おぼ》えてないのかい？」

「なんだい、その生き物は？」

「ムナジロテンとか、性悪女《しょうわる》とも言うけど……思い出したか？」

レムは目を細め、記《き》憶《おく》をさぐった。

「覚《おぼ》えておらん……」

「なに、たいしたことじゃない。説明《せつめい》してやるよ。けっこう笑《わら》える話だから、足の痛《いた》みも忘《わす》れるはずさ……」

そしてふたりは、星の位置《いち》をたよりに、ふたたび歩きはじめた。コルヌビックは、小さなピエ、コウノトリのマルジー、スタンリーじいさんの手紙などについて、もう一度話してきかせた。そして最後《さいご》に、ムナジロテンたちの都でのふたりの武勇伝《ぶゆうでん》についても。ユニコーン・ホテル、広場でのレムの口上《こうじょう》、ばば様訪問《ほうもん》……。すると、コルヌビックの予想どおり、レムは足の痛みも、熱《ねつ》が出ていることもすっかり忘《わす》れてしまった。てくてくてくてく、軽快《けいかい》な足取りで歩くようになったんだ。困《こま》ったことといえば、ただひとつ、レムが笑いじょうごだということだった。しょっちゅう体をふたつ折《お》りにして笑うので、なかなか前に進まない！　とくにお気に入りは、カバンにばば様を入れて宮殿《きゅうでん》に出向くシーンだった。コルヌビックは、例《れい》の〝ソーセージの切れはし〟のエピソードを、三回もくりかえさなければならなかった。でも本当は、レムは自分がこんな芝居《しばい》を打てたなんて、これっぽっちも信《しん》じちゃいなかった。ただおもしろおかしい話を聞きたいだけだったんだ。まさか、こんな話をうのみにするやつなんて、いるわけがないじゃないか！

それから、ふたりは長いあいだ無言《むごん》で歩いた。暗闇《くらやみ》のなかで、石につまずいたり、よろめいたり、足首をくじいたり、また起き上がったりして。コルヌビックはもっと速く進もうと思えば進めたのだが、レムが弱音《よわね》を吐《は》くのだ。

「おい、休もう。もう歩けない……。足がいうことをきかん……」

「よしよし、わかった。でも、ちょっとだけだぞ」

ふたりは背中《せなか》合わせで腰《こし》を下ろした。おたがいに相手の背骨《せぼね》が体に当たるのを感じていた。ふたりとも、負けず劣《おと》らずガリガリだ。おい、レム、眠《ねむ》るんじゃないぞ！　眠るのだけはよしてくれ……。闇夜《やみよ》はぼくたちをかくしてくれているが、性悪女《しょうわる》たちは、もうすぐそこだ。やつらのにおいがするんだ。気配《けはい》を感じる。いつ背後《はいご》から襲《おそ》われても、おかしくない。

コルヌビックは、ポケットから大きなパンのかたまりを取り出してふたつに割《わ》ると、肩《かた》ごしにそのひとつをレムに渡《わた》した。

「ほら、びっくりプレゼントさ。ユニコーン・ホテルのパンの残《のこ》りだ」

そのパンを夢中《むちゅう》でかじっているときだった。向こうのほう、闇夜のずうっと奥《おく》で、六百個《こ》の黄色い目玉が光った！　やばい、もう来ちまった！　まだ夜も明けていないというのに……。レムは気づいていない。目を閉《と》じて、パンをじっくり味わっている。

「行くぞ、レム、出発だ！」

「先に行け。わしは残る……」

「なら、背負《せお》ってゆくよ……」

そう言うと、コルヌビックは、なにか言わせる間もなくレムを肩《かた》にかついだ。コルヌビック、走れ！　さあ、もう一度！　これが最後《さいご》の最後だ！　いまから四年前、二匹《ひき》のムナジロテンに追われて、おまえは同じ平原をひた走った。小さなヤマネをお腹《なか》にかかえてな。さてさて今回は、ヤマネの数は二匹に増《ふ》えた。しかもかさばるニワトリつき。その上、追《お》っ手《て》のムナジロテンは、三百匹以上《いじょう》ときたもんだ！　いやはや、おみごと！　かなりの進歩じゃないか！　こんな状態《じょうたい》で、いったいどこまで行こうとしてるんだ？

もうすぐ……あと少し……。息が切れて、足がふるえた。夜はまだまだ終わりそうにない。ぐっすり眠《ねむ》りこけたレムの体重が、死んだロバのように、肩に重くのしかかってくる。体の上のほうにはレム、下のほうには二匹のおチビちゃん。コルヌビック家の住人は、上階、下階の両方で、すやすやおねんねの最中だ。おいおい、本当は眠っている場合じゃないんだぞ！

なんとか沼地《ぬまち》までたどりつくことさえできれば……。でも、だめだ。そこに着くためには、あと何日も何日も必要《ひつよう》だ。コルヌビックはさらに歩幅《ほはば》を広げようと、ズキズキ痛《いた》む手足をめいっぱいのばした。もう、死にそうだ。ほれ、あと一キロ、がんばるんだ！　朝になったら走るのをやめるぞ。そして地面にすわって、やつらが来るのをじっと待ってやる。だが、真っ暗闇《くらやみ》のなかを

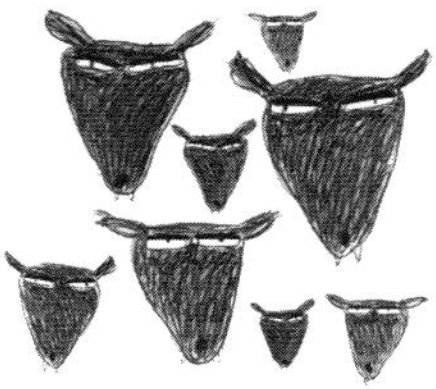

追いまわされ、背後《はいご》から捕《つか》まるのだけはごめんだぜ。

ほら、朝だ！　地平線の雲があかね色にそまってきた。少しずつ、空が明るくなってきた。コルヌビックはスピードを落とすと立ち止まった。そして岩陰《いわかげ》にレムを下ろし、息もたえだえに地面にひざをついた。全身から、滝《たき》のような汗《あせ》が流れ落ちた。

「えっ？　なんて言った、レム？　もう少し大きな声で……」

コルヌビックは耳を近づけた。

「……胃炎《いえん》に歯痛《はいた》……肝臓《かんぞう》の機能低下《きのうていか》……さあさあ、いらっしゃい、いらっしゃい……どんな伝染病《でんせんびょう》も……舌《した》のざらざらにも……」

かわいそうに！　レムはうわ言《ごと》を言っていた。熱《ねつ》のせいだ。いつかレムは、本当にすべてを忘《わす》れてしまうだろう。自分の名前さえも。それでもきっと、薬売りの口上《こうじょう》だけは忘れないはずだ……。

地平線上でまばたきしていた何百もの黄色い目玉が、どんどん近づいてきた。コルヌビックの息切れはおさまった。さあ来い、かわい子ちゃんたち、待ってるぞ。あとは、きみたちをびっくりさせるわなをしかけるだけだ。きっとものすごく怒《おこ》るだろうが、こっちは知ったこっちゃない。

コルヌビックは先のとがった石を見つけると、地面に穴《あな》を掘《ほ》りはじめた。やがておわんくらいの大きさの丸い穴ができた。すぐに、ひじまで入るほどの深さになった。指が血だらけだ。コルヌビックはかき出したばかりのひんやりとした土を、できるだけ遠くに捨《す》てた。ムナジロテンたちに感づかれないようにに。そのうちに、腕《うで》の全体、肩《かた》のつけ根まで、すっぽり穴《あな》のなかにおさまるようになった。もういいだろう。まずはきみ、女の子のヤマネからだ！　コルヌビックはその子をチェック柄《がら》の大きなハンカチにくるむと、そうっと穴の底《そこ》に置《お》いた。おやすみ、かわいいお姫《ひめ》様……。知り合う時間がなかったのが残念《ざんねん》だ。

さて今度は、チビすけ、きみの番だ。やっと取り返したのに、ここでお別《わか》れしなけりゃならないなんて、悲しすぎる。もう一度、パッチリ目を覚《さ》ましたきみに会いたかったな。もう一度、きみにほがらかに「やあ、コルヌビック！」って呼《よ》びかけられたかった……。春になって、きみたちがその鼻面《はなづら》をヒクヒク空に向けるとき、ぼくなしで、ふたりだけで、うまく切り抜《ぬ》けてくれ。だって、ぼくはといえば、かなり物騒《ぶっそう》なことになってきたんだ。万事休《ばんじきゅう》すさ……。でも、死ぬのはこわくない。ただ、もうちょっと長生きしたかっただけ……。春になれば木の芽《め》も出てきて、そよ風が吹《ふ》く。めぐる季節《きせつ》に合わせてバンジョーをかき鳴らし、おいしいものを食べる。そんないっさいが、ささやかなぜいたくに満《み》ちた季節の移《うつ》り変《か》わりが、ぼくにはいとおしいんだ。もちろん、石のつぶてが降《ふ》ってきたこともある。でも、おおよそのところでは、ぼくは人生を愛《あい》してたんだ……。

コルヌビックは小さなピエを婚約者《こんやくしゃ》のそばに置《お》くと、スタンリーじいさんの靴下《くつした》でくるんでやった。さようなら、ぼくのピエ。幸運を祈《いの》ってる……。
そして穴《あな》を小枝《こえだ》や土でふさぐと、ムナジロテンたちの目をあざむくために表面をならし、その上に腰《こし》を下ろした。やつらめ、もういつ来てもいいぞ。二匹《ひき》のヤマネの子どもたちだって？　いったいなんの話だい？　知らないな……。そう、いつでもやって来い。コルヌビックは待ち受けていた。しかも音楽つきで！　だって、最後《さいご》のコンサートぐらいさせてくれよ。コルヌビックは袋《ふくろ》からバンジョーを取り出すと歌いだした。

プット・マイ・リトル・シューズ・アウェイ……

「小さな靴《くつ》は捨《す》てていい」という意味だ。いちばんはじめに覚《おぼ》えたナンバー。まだ角もちゃんと生えていなくて、ふたつの小さなコブにすぎなかったころのことだ。
〝かぎ爪《づめ》を持つやつら〟は、あせる必要《ひつよう》がなかった。夜明けの薄明《うすあ》かりのなか、勝利《しょうり》を確信《かくしん》し、隊列《たいれつ》を組んで歩いてくる。コルヌビックは歌った。

大好《だいす》きなママ……
遊び仲間《なかま》に伝《つた》えてよ……

空では雲がきれいなあかね色に染《そ》まっている。
ムナジロテンたちは、あとわずかでここまでやってくるだろう。

遊び仲間《なかま》に伝《つた》えてよ
もうきみたちとは遊ばないって……

そよ風がコルヌビックの頬《ほお》をやさしくなでた。まるで、だれかの手みたいだ。歌いながら、涙《なみだ》が出た。もうずっと長いあいだ、こんなふうに、やさしくだれかになでてもらったことなんてなかったな……。

もうきみたちとは遊ばないって
小さな靴《くつ》は捨《す》てていい……
大好《だいす》きなママ
小さな靴は捨てていい……

歌が終わった。バンジョーの音がやんだ。ムナジロテンたちはそこにいる。その歯ならびまで見てとれる近さだ。さあ、落とし前をつけるのだ。ムナジロテンたちはコルヌビックを、ウサギかなにかのようにズタズタに引きちぎるだろう。

そのとき、レムがつぶやいた。

「ゆれてるぞ……」

「えっ？　いま、なんて言った、レム？」

「ゆれてるぞ……。地ひびきがする……」

レムは地面に耳をつけて寝《ね》そべっていた。コルヌビックも横になって地面に耳をつけてみた。たしかに大地がゆれている。ムナジロテンのせいじゃない。ムナジロテンは、バッタみたいに軽いのだから。それに、ゆれは反対側《がわ》、まだ暗い西の方角から伝《つた》わってきた。コルヌビックは目をこらしてみた。なにも見えない。もう一度耳をつけてみた。今度は地ひびきの音が聞こえた。地面の奥深《おくふか》くからせり上がってくるような音。おい、レム、このあたりにバッファローの群《む》れなんか、いたっけか？　遠くで砂《すな》ぼこりがまき上がっている。だが、そんな強い風、どこに吹《ふ》いているんだ？　ムナジロテンたちは立ち止まった。首をのばして、なにごとかと考えこんでいるようだ。不安な思いは、隊列《たいれつ》のあいだに、静《しず》かな波のように広がっていった。

するととつぜん、一本の腕《うで》がある地点を示《しめ》した。あそこだ！　ほら、見ろ！　土煙《つちけむり》のなかから、たけりくるい、群《む》れをなして突進《とっしん》してくるなにものかの姿《すがた》が浮《う》かび上がった。ものすごい速さだ。バッファロー？ いいや、ちがう、ヤギたちだ！

おい、コルヌビック、気絶《きぜつ》するんじゃない！ 仲間たちのはなばなしい登場シーンを見逃《みのが》してしまうぞ。総攻撃《そうこうげき》のシーンを見たくないのか！ その数は三百。いや、三千。いやいや、一万！ たがいにぴったり身を寄《よ》せ合い、まるで大きなげんこつのようにかたまって突進してくる。槍《やり》もこん棒《ぼう》も持ってはいない。武器《ぶき》は頭の上についている。そしてなによりも最大《さいだい》の武器――それは心意気《こころいき》だ。ヤギの群れは、コルヌビックを押《お》しつぶさないようにふた手に分かれた。コルヌビックは、自分の両側《りょうがわ》をヤギが走り抜《ぬ》けるのをぼうぜんと見ていた。忘《わす》れていたなつかしいにおい。ああ、なんてすてきなにおいなんだ！ そしてきみたちは、ああ、なんて勇敢《ゆうかん》なんだ！

ムナジロテンたちは真正面から衝撃《しょうげき》を食《く》らった。かみつく間《ま》も、引きちぎる間も、かぎ爪《づめ》でひっかく間もなかった。グェー、ヒェー、フェーといった声を発しながら、次々に空中に投げ飛《と》ばされていったんだ。角のひと突《つ》きをまぬがれた者は、くるりと背《せ》を向け、絶叫《ぜっきょう》しながら、しっぽを巻《ま》いて逃《に》げていったさ。

コルヌビックは、ものすごいスピードで通りすぎる脚《あし》や腕や角の大群《たいぐん》に飲みこまれていた。まさにヤギの波におぼれていた。ときどき、自分の名前が呼《よ》ばれるのを耳にした。「やあ、コルヌビック！」答えようにも、呼んだ当人はすでに通りすぎていた。でも、コルヌビックには、それだれだか、全部わかった。

ポルトボック、プランシュビック、デルブック、ビックフェール……。涙《なみだ》が頬《ほお》を流れ落ちた。

コルヌビックは、まだうわ言《ごと》を口にしているレムをつかみ上げると、自分の前にすわらせ、しっかりと抱《だ》き寄《よ》せた。

「ほうら、よく見て。よく見てくれよ。ぼくの家族のお通りだ！」

第二十一章

帰り道、ヤギたちはコルヌビックとレムにこまごまと世話を焼《や》き、清潔《せいけつ》な服を着せ、腹《はら》いっぱいに食べさせた。レムは四匹《ひき》のヤギにかつがれたわらかごのなかで眠《ねむ》りこけていた。支離滅裂《しりめつれつ》なうわ言《ごと》に、かつぎ手たちは大笑《おおわら》い。コルヌビックはと言えば、疲《つか》れきっていたにもかかわらず、仲間《なかま》たちに囲《かこ》まれて、てくてく歩くほうを選んだ。

そこでコルヌビックは、とんでもない話を聞かされた。冬の初めに、がめついムナジロテンたちが、子ヤギをさらいにやってきたのだと言う。そのときムナジロテンたちは、おしりを角で突《つ》かれてあえなく退散《たいさん》したのだが、ヤギたちは、やつらがもう二度とこんな気を起こさぬよう、思い知らせてやろうと考えたそうだ。そこで今回、ちょっとした〝ごあいさつ〟に出向くことになったんだ、と。ご近所にはきちんとごあいさつして、仲良くするのが礼儀《れいぎ》だろ？

でも〝かぎ爪《づめ》を持つやつら〟の国を進んでいたヤギの兵士《へいし》たちは、これほどうまくいくとは思っていなかった。なにしろ、あのときのムナジロテンときたら、みごとな隊列《たいれつ》を組んで、さあどうぞ、いつでもわき腹《ばら》めがけて突進《とっしん》し、角で穴《あな》を開けてちょうだいって、待ち受けていたようなものなんだから。すごいチャンスだった！　あまりにあっけない戦《たたか》いで、もの足りないぐらいだ……。

ふるさとの村は変《か》わっていなかった。ただし、住んでいるヤギたちは別《べつ》だ。なぜって、みんながみんな、四歳《さい》、年をとっていたんだから！　あのころオッパイを吸《す》っていた赤ん坊《ぼう》たちは、いまではパチンコで鳥を打っている。学校に通っていたわんぱく小僧《こぞう》たちは、すでにビー玉遊びを卒業《そつぎょう》したようだ。初めてのタバコに咳《せ》きこみ、えらぶって地面につばを吐《は》き、通りすぎる少女たちをからかいはじめる年ごろだ。何人かの老人《ろうじん》たちの姿《すがた》はもうなかった……。コルヌビックの仲《なか》間《ま》たちもあのころと同じことをしていたが、前よりも動作《どうさ》はにぶかった。腹《はら》が出てきたやつもいる。

コルヌビケットの瞳《ひとみ》には、あいかわらず金色の星が輝《かがや》いていた。でもぽってりと肉づきがよくなったことは認《みと》めなくっちゃ。なにしろ、この四年で八匹《ぴき》の子どもを産《う》んだらしい。体型《たいけい》がくずれてもしかたない！　コルヌビックはそんなコルヌビケットの姿を見てたいそう驚《おどろ》いた。ちょうど、末《すえ》っ子の鼻をかんでやっているところだった。おいおい、ぼくは、このやさしそうなおばさんに、あれほどまでものぼせあがっていたっていうのか？　コルヌビケットは、いわば、中年太りのすっかり所帯《しょたい》じみたヤギになってたんだ。

なによりうれしかったのは、ビック＝アン＝ボルヌとの再会《さいかい》だった。ふたりはすぐに、一曲やりだした。腕《うで》が落ちていないか、たしかめるために。まったく問題なかった。十六分音符《おんぷ》までぴったり息が合っていた。まるで別《わか》れたのがきのうのことのよう！　ふたりは失《うしな》った時間を取りもどそうと、何時間も何時間も話しこんだ。

「おい、知ってたか、コルヌビック。おまえが出ていって、涙《なみだ》にくれた女の子がいたんだぞ」

「なんだって？」

「ブランシュビクーヌさ……」

「えっ？」

「ああ。まだ独身《どくしん》だ。おまえの帰りを待ってたんだよ」

「あ……。ぼくがもどらないとは思わなかったのかな？」

「ぜんぜん。あの娘《こ》のばあちゃんが、おまえは『散歩《さんぽ》に行っただけだ』って言ってたんだ……。だから、ひたすらおまえの帰りを待っていたのさ……」

「ばあちゃん？」

「ああ。ゼルビケットだよ。出ていく日の朝、すれちがっただろ？」

「そうだった……」

「おまえ、『散歩《さんぽ》に行く』って言ったんだろ？」

「うむ、たしかに……」

コルヌビケットはブランシュビクーヌの親友だった。だから、コルヌビケットがデートのおぜん立てをしてくれたんだ。明日の朝九時ごろ、村の洗濯場《せんたくば》で。あそこなら、ふたりっきりで静《しず》かに話せるわ。洗濯女たちが来るのは、もっと遅《おそ》い時間だもの……。

約束《やくそく》の時間、コルヌビックは洗濯場への道を下りていった。清潔《せいけつ》なシャツを着て、角もピカピカにみがいた。不安はなかった。舞台《ぶたい》は四年前と同じだけれど、今回はそれぞれの役まわりがはっきりとわかっていたからね！　コルヌビックは平べったい石にすわって、ブランシュビクーヌが来るのを待った。さらさらと水のせせらぎが聞こえる。ブランシュビクーヌはちょっと遅《おく》れてやってきた。昔と同じように、脚《あし》を引きずりながら。でも、とても優雅《ゆうが》な身のこなしだ。遠くから手を振《ふ》り、にこにこしながら近づいて来て、となりに腰《こし》を下ろした。そのとき、ブランシュビクーヌは、本当はこう言いたかった。「おかえりなさい、わたしのいとしい人」って。でも、かわりにモゴモゴとこう告《つ》げた。

「もどってきたのね、コルヌビック……」

コルヌビックのほうは、こう答えたかった。「ただいま、ぼくのいとしい人」って。でも、かわりにモグモグとこう告《つ》げた。

「うん、ごらんのとおり……」

それからブランシュビクーヌは、こう言いたかった。「あなたのことが好《す》きなの」って。でも、ただこう言った。

「うれしいわ……」

コルヌビックはこう言いたかった。「ぼくもきみのことが好きだ」って。でも、ただこう言った。

「ぼくもだ、うれしいよ……」


それから数週間が過《す》ぎた。小さなピエと婚約者《こんやくしゃ》は、コルヌビック家の二階にあるタンスの奥《おく》で眠《ねむ》りつづけていた。コルヌビックは、わざとふたりの体をぴったりくっつけて寝《ね》かせてやった。起きたときの反応《はんのう》が楽しみだ！　また、レムには住まいがあてがわれた。レムは医者と名のって以来《いらい》、初めてドアに自分の看板《かんばん》をかかげることができた。

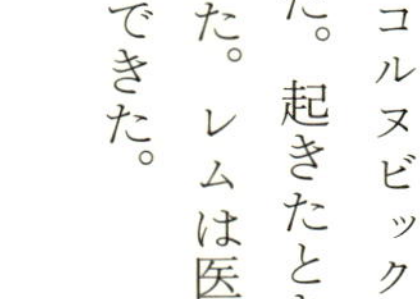

ドクター・レム
どんな病気も治《なお》せます（医師免許取得《いしめんきょしゅとく》）
宮廷《きゅうてい》おかかえ医
（ひざのお皿の権威《けんい》）

レムは健康《けんこう》を取りもどし、元気はつらつになった。とくに、家具職人《しょくにん》に新品の荷車をつくってもらってからは、なおさらだ。レムはそれを引っぱって、あちらこちらを巡回《じゅんかい》した。「さあ、いらっしゃい、いらっしゃい……。都会の最新薬《さいしんやく》をご紹介《しょうかい》します……」レムの首には、住所を書いた札がぶら下げられた。夜、村へ帰る道を忘《わす》れてしまったときの用心だ。

春になり、結婚式《けっこんしき》がおこなわれた。

「新婦《しんぷ》、ブランシュビクーヌ。なんじはこの男子、コルヌビックにとつぐことを欲《ほっ》するか？」

「ええ、とても！」

「新郎《しんろう》、コルヌビック。なんじはこの女子、ブランシュビクーヌをめとることを欲するか？」

「はい、もちろん！」

結婚式は丸二日続《つづ》いた。二日にわたりどしゃぶりの雨で、公民館《こうみんかん》を出ることができないほどだ

った。だから、全員が全員、会場に残《のこ》った。みんなは、食べて、飲んで、踊《おど》って、寝《ね》て、そしてそれをくりかえした！　レムは完璧《かんぺき》なスーツ姿《すがた》で式にのぞんだものの、終わったときには、ボロきれをまとった状態《じょうたい》だった。だが、新郎側《しんろうがわ》の証人《しょうにん》として、大まじめにその大役《たいやく》をはたし、だれかれかまわず、自分はコルヌビックがほんの子どもだったころからの知り合いで、よくひざに抱《だ》いてあやしたものだと語って聞かせた。ああ、まるで、きのうのことのようだよ……。

　二日めの夜、ビック＝アン＝ボルヌと仲間《なかま》たちが、ギンギンのコンサートを披露《ひろう》した。バイオリン、ハーモニカ、ギター、バンジョー。公民館《こうみんかん》の屋根が吹《ふ》き飛《と》びそうだ！　そして日が昇《のぼ》りかけたころ、ようやくおひらきになった。

「おい、コルヌビック、最後《さいご》に『ソー・ロング』を歌ってくれないか？」

「オーケー……」

　翌朝《よくあさ》、コルヌビックはだれよりも早起きして、ひと気《け》のない村の通りを歩いていた。なんだか、いつかの朝と同じだぞ。するとどうだ、ゼルビケットばあちゃんの小さな黒い影《かげ》があらわれた。

ああ、やっぱり！

「どこに行くんだい、コルヌビック？　まさか『ちょいと散歩《さんぽ》に行く』なんて、言わないでおくれよ……」

「いいや、ばあちゃん、心配しなくていい。ブランシュビクーヌのために、焼《や》きたてのパンを買いに来たんだ。朝食に食べようと思ってね……」

パンをかかえてパン屋から出てくると、荷車を引いて通りを歩いているレムに出くわした。

「やあ、コルヌビック……。わしは旅に出る」

「旅に出るだって？　どこへ？」

「わからん。だが、とにかく旅に出る。三日続《つづ》けて同じベッドで目覚《めざ》めるのは性《しょう》に合わん。あちこち旅しないと……。じゃあな、わが相棒《あいぼう》」

「おいおい、ちょっと待ってくれ。村のはずれまで見送るよ」

「好《す》きにしてくれ……」

ふたりは、村のはしっこの家々をすでに通りすぎてしまった。もうじき森に着くというところで、コルヌビックは、ようやく別《わか》れの言葉を口にした。

「さて、レム、ここでお別れしなくっちゃ。このまま歩きつづけたら、やめられなくなるかもしれないもんな……」

「好《す》きにしてくれ……」

「じゃあ、さよなら」

「さよなら、コルヌビック。おまえさんのことは一生忘《わす》れない、と言いたいところだが、なにしろ、ほれ、わしの持病《じびょう》、あの〝キンベン症《しょう》〟のせいで、約束《やくそく》はできん……」

「なに、かまわないよ、レム。再会《さいかい》したときに、ぼくと一から友達《ともだち》になれる楽しみがあるじゃないか……。だが、ぼくのほうは断言《だんげん》できるぞ。ぜったいあんたを忘れないって！」

ふたりはしっかりと抱《だ》き合った。

レムはそうして行ってしまった。コルヌビックは、薬びんをガチャガチャ言わせながら遠ざかっていくレムのうしろ姿《すがた》をじっと見つめていた。するととつぜん、ぴたりと荷車が止まり、レムがもどってきた。

「ああ、そうだ、コルヌビック。言い忘れたことがある。きのう、おまえさんがあの娘《むすめ》の気をひこうとしてうまくいかなかったことに、このわしが気がつかなかったとでも思うのか？　これはわしからの助言だ。あの娘に結婚《けっこん》を申しこめ。おまえたちは似合《にあ》いのカップルだ。わしはこの方面では鼻がきくんじゃ。わしを信《しん》じろ」

レムはこう言ってウィンクすると、ふたたび荷車を引っぱり、ガタンゴトン、ガタンゴトン、と音を立てながら、木立《こだち》の向こうに消えていった。

ささささて、このお話はここでおしまいだ。

あ、いやいや、まだ続《つづ》きがあった！

コルヌビックが村の目抜《めぬ》き通りを、少し落ちこんで歩いていると、ブランシュビクーヌがまっすぐに走ってきた。花模様《もよう》のガウンのすそを、左右に大きくはためかせながら。髪《かみ》の毛はボサボサのままだ。

「コルヌビック、早く来て！　動いているのよ、二階で！　きっと目を覚《さ》ましたんだわ。ふたりいっしょにね！」

「本当かい？　急がなきゃ……。目覚《めざ》めの瞬間《しゅんかん》に立ち会いたい！」

ふたりは手をつないで、家のなかに駆《か》けこんだ。近くの菩提樹《ぼだいじゅ》で、カッコウが鳴いている。まちがいない、春が来たのさ！

ありのままの魅力《みりょく》——訳者《やくしゃ》あとがきにかえて

「生き生きとした色彩《しきさい》に富《と》むこの物語は、わたしたちを架空《かくう》の世界にいざなってくれます。でも、その世界はわたしたちが日ごろ生きている社会にとても似《に》ています。またそこで起きる波乱《はらん》に満《み》ちた事件《けん》の数々もどこかわたしたちになじみのあるものばかり。そして全体にあふれる知的《ちてき》なユーモアが、わたしたち読者をまったく飽《あ》きさせません」これは、フランスのあるサイトに載《の》っているこの本の原書（原題 ***La Ballade de Cornebique***「コルヌビックのバラード」）の書評《しょひょう》のひとつです。

この物語の魅力は、まずは、その登場人物たちにあるでしょう。

足がめちゃくちゃ速く、歌もプロはだし。そのくせ、どこか自分に自信のないお人よしのヤギ、コルヌビックは、瞳《ひとみ》のなかにお星様が光っている女の子に恋《こい》をします。でもその娘《むすめ》が好《す》きなのは、コルヌビックの親友のほうでした。失恋《しつれん》の痛手《いたで》にたえかねたコルヌビックは、ふるさとを捨《す》て、あてのない旅に……。そこに、ある日、空から布《ぬの》の包《つつ》みが降《ふ》ってきます。中身は、体は小さくて愛《あい》らしく、ちょっぴり生意気《なまいき》なヤマネの子、ピエ。絶滅寸前《ぜつめつすんぜん》のヤマネの生き残《のこ》りであるこのピエを追うのが、一見お上品ながら残忍《ざんにん》なムナジロテンたちです。その追《お》っ手《て》から逃《に》げるため、コルヌビックとピエは、あちらこちら旅します。ところがちょっとした油断《ゆだん》から、ついにピエを奪《うば》われてしまい、コルヌビックは、ムナジロテンの街《まち》に乗りこむことを決意します。それを助ける老《お》いぼれたオンドリのレムは、ところせましとびんが並《なら》んだ荷車をいつもガランガランと引っ張《ぱ》っては、あやしい薬を売り歩くインチキ医者。でも、老齢《ろうれい》のゆえか、のんだくれのためか、大事な場面にかぎってとつぜん記憶《きおく》を失《うしな》ってしまうのです。ムナジロテンを率《ひき》いる恐怖《きょうふ》の女ボス〝ばば様〟は、大の男もふるえあがる、残虐《ざんぎゃく》な乱暴《らんぼう》者ですが、この〝ばば様〟もやっぱり女性《じょせい》、思わぬ弱《ぬ》みがありました……。

ここに登場する者たちは、みんな、どこか一本抜けていて、ユーモラスです。なにせ、主人公のコルヌビックからして、なんだかうだつのあがらない、どこにでもいそうな青年なのです。ではその相棒《あいぼう》となるイカサマ師《し》のレムじいさんは、酸《す》いも甘《あま》いもかみ分けたシブいお年寄《としよ》りかというと、とんでもない。物忘《ものわす》れがひどく、その症《しょう》状《じょう》が出たとたんに、とつぜん話がちんぷんかんぷん。でも、まわりの困惑《こんわく》などほとんど気にせず、なんでも自分に都合《つごう》よく解釈《かいしゃく》する楽天的《てき》な老人です。だれかれかまわず暴力《ぼうりょく》をふるうヒステリックな〝ばば様〟も、本人すら気づかなかった愛《あい》すべき一面を見せて、相手によっては声のトーンまで変《か》わってしまいます。

そう、ここに描《えが》かれている人物たちは、わたしたちのまわりのあちらこちらにいる大人《おとな》たちにそっくりです。

またこの物語に見られる〝リアルさ〟の魅力《みりょく》は、人物描写《びょうしゃ》にかぎりません。コルヌビックが参加《さんか》することになる悪口大会では、次から次へとくりだされるののしり言葉に、観衆《かんしゅう》は大喜《おおよろこ》び。人をののしったり、ばかにしたりしてはいけません――。そんなこと言われたって、わたしたちのほとんどは、本当は他人《たにん》の悪口を言ったり悪態《あくたい》をついたりするのが大好《だいす》きなのです。マラソン大会もそうです。スポーツマンシップにのっとっているはずの競走《きょうそう》も、観衆の目がなくなったとたん、なんでもありの殴《なぐ》り合い、だましあいと化《か》してしまいます。勝つためには手段《しゅだん》を選《えら》ばず――。それが、現実《げんじつ》の社会の厳《きび》しさです。

どこにでもいそうな欠点《けってん》だらけの人物たち、失恋《しつれん》の痛《いた》み、老《お》いていくことの厳しさ、競争《きょうそう》社会の真《しん》の姿《すがた》……。子ども向けの本とはいえ、ヨーロッパ、とくにフランスの児童書《じどうしょ》には、このように、人間の弱さ、人生の挫折《ざせつ》やほろ苦《にが》さ、大人《おとな》たちの社会の本音《ほんね》が、けっしてきれいごとでなく、〝ありのまま〟に描《えが》かれていることが多いように思います。

それが子どもの読者にも受け入れられるのは、子どもも、実際《じっさい》には大人と同じように、弱さやつらさをいっぱい経験《けいけん》し、矛盾《むじゅん》に満《み》ちた社会の中で生きているからです。また人気のある作品は、必《かなら》ずと言っていいほどユーモアやウィットがふんだんで、物語全体が湿《しめ》っぽくなく、明るく陽気です。そして、なにより大事なのは、作品のなかに感じられる、人間の弱さに対する著者《ちょしゃ》のあたたかいまなざしと、そうは言っても人生捨《す》てたもんじゃない、と最後《さいご》には人生や社会を肯定《こうてい》しようとする姿勢《しせい》ではないでしょうか。

この本にも、こんなくだりがあります。

「春になれば木の芽《め》も出てきて、そよ風が吹《ふ》く。めぐる季節《きせつ》に合わせてバンジョーをかき鳴らし、おいしいものを食べる。そんないっさいがっさいが、ささやかなぜいたくに満《み》ちた季節の移《うつ》り変《か》わりが、ぼくにはいとおしいんだ。もちろん、石のつぶてが降《ふ》ってきたこともある。でも、おおよそのところでは、ぼくは人生を愛《あい》していたんだ……」（本文214ページから）

そう書く著者《ちょしゃ》のジャン＝クロード・ムルルヴァは、一九五二年にフランスの中南部オーヴェルニュ地方の農家に生まれました。著者のふるさとは、ヤギの国のように、陽気でのんびりとした牧歌的《ぼっかてき》な土地だったにちがいありません。リセ（高校）を卒業《そつぎょう》した後、フランスのストラスブール、トゥールーズ、パリ、さらにドイツのボン、シュトゥットガルトなどでも勉強し、ドイツ語の教師《きょうし》になります。ドイツ語教師時代の十年間は、休みともなれば、インドや中南米など、世界各国を旅していたそうです。一九八六年には演劇《えんげき》の世界に入り、役者としても演出家《えんしゅつか》としても活躍《かつやく》します。

この物語の波乱万丈《はらんばんじょう》のストーリーや意外な場面転換《てんかん》、そして登場人物たちのセリフの面白《おもしろ》さは、まさしく、そのまま舞台《ぶたい》に乗せて芝居《しばい》になりそうです。リズム感のある軽妙《けいみょう》な文章に、ときおり、バンジョーを奏《かな》でながらコルヌビックが歌う歌詞《かし》（すべて、アメリカの〝放浪《ほうろう》のフォークシンガー〟と呼《よ》ばれるウッディ・ガスリーの曲です）が挿入《そうにゅう》されているところも、とても演劇的といえるでしょう。

その後、著者は素敵《すてき》な〝ビケット〟と結婚《けっこん》して二児《じ》（二匹《ひき》のビケ）の父となり、その頃《ころ》に小説《しょうせつ》を書きはじめます。すでに数々の作品を発表しており、なかには、この物語のような児童書《じどうしょ》も何冊《さつ》かありますが、著者《ちょしゃ》はこう言っています。「ぼくは、子どものためだけと思って本を書いたことはありません。いつでも、大人《おとな》も子どももすべての人に読んでもらいたいと思っています。子どもの本を書くときには、表現《ひょうげん》や文体に気をつけることはあっても、その内容《ないよう》や思い入れといったものは、大人のための本を書くのとなんら変《か》わらないのです」

著者の作品は、さまざまな文学賞《しょう》を獲得《かくとく》していますが、この本も、フランス北東部の街《まち》メスの二〇〇四年度「本の夏」フェスティバルにおいて児童書《じどうしょ》部門賞を受賞したのをはじめ、恵《めぐ》まれない子どもたちのための「子どもの村運動」の二〇〇五年度文学賞など、九つの賞に輝《かがや》いています。日本でも、多くの子どもたち、そして大人たちが、この作品を手に取ってくださり、ときにはニヤッと笑《わら》いながら、ときにはジーンとしながら、コルヌビックのゆかいな世界を旅してくださることを願《ねが》っています。

最後《さいご》に、この本の翻訳《ほんやく》に当たって多大《ただい》な協力《きょうりょく》をしてくださった、加藤《かとう》かおりさん、オスダ・ヴィルジニーさん、浜辺《はまべ》貴絵《きえ》さんに、この場を借《か》りて心から感謝《かんしゃ》いたします。

二〇〇六年九月

早川書房の児童書〈ハリネズミの本箱〉

旅《たび》するヤギはバラードを歌《うた》う

二〇〇六年十月　二十　日　初版印刷
二〇〇六年十月三十一日　初版発行

著　者　ジャン＝クロード・ムルルヴァ
訳　者　山本知子《やまもとともこ》
発行者　早川　浩
発行所　株式会社早川書房
東京都千代田区神田多町二ノ二
電話　〇三‐三二五二‐三一一一（大代表）
振替　〇〇一六〇‐三‐四七七九九
http://www.hayakawa-online.co.jp
印刷所　株式会社精興社
製本所　大口製本印刷株式会社

乱丁・落丁本は小社制作部宛お送り下さい。
送料小社負担にてお取りかえいたします。

Printed and bound in Japan
ISBN4-15-250044-1　C8097

早川書房の児童書〈ハリネズミの本箱〉

ドールハウスから逃《に》げだせ!

イヴ・バンティング
瓜生知寿子訳
46判上製

身長20cmにされちゃった!?

ぼくを誘拐《ゆうかい》したおばさんの自慢《じまん》はドールハウス。人形ではものたりなくて、本物の子どもを特殊《とくしゅ》な注射《ちゅうしゃ》でちぢめ、住まわせているのだ! ぼくは誘拐されたほかの子たちと、脱走《だっそう》計画を練《ね》るが……こわいのに笑《わら》える楽しい読み物

早川書房の児童書〈ハリネズミの本箱〉

サマーランドの冒険《ぼうけん》（上・下）

マイケル・シェイボン
奥村章子訳
46判上製

飛行船《ひこうせん》で四つの世界をかけめぐる

気弱《きよわ》な少年イーサンは、野球の試合《しあい》でエラーばかりしている。ところがある日、野球好きの妖精《ようせい》が現《あら》われ、彼《かれ》こそが滅《ほろ》びゆく世界の救世主《きゅうせいしゅ》だという。それが不思議《ふしぎ》な旅《たび》のはじまりだった。ピュリッツァー賞作家が贈《おく》る初の児童書

早川書房の児童書〈ハリネズミの本箱〉

双子《ふたご》探偵《たんてい》ジーク＆ジェン

ローラ・E・ウィリアムズ
石田理恵訳
46判並製

①魔《ま》のカーブの謎《なぞ》
②波間《なみま》に消えた宝《たから》
③呪《のろ》われた森の怪事件《かいじけん》
④消えたトラを追え！

双子の名探偵と腕《うで》を競《きそ》え！

ジークとジェンは11歳《さい》の双子のきょうだい。几帳面《きちょうめん》な男の子ジークと、活動的《かつどうてき》な女の子ジェンが、抜群《ばつぐん》のコンビネーションを武器《ぶき》に謎に挑《いど》む。現場《げんば》見取り図や容疑者《ようぎしゃ》メモを活用して、きみも一緒《いっしょ》に推理《すいり》してみよう！

続刊　⑤謎《なぞ》の三角海域《かいいき》　⑥幽霊劇場《ゆうれいげきじょう》の秘密《ひみつ》